Theodor Storm

Eine Halligfahrt

In St. Jürgen

Draußen im Heidedorf

Theodor Storm: Eine Halligfahrt / In St. Jürgen / Draußen im Heidedorf

Eine Halligfahrt:
  Erstdruck in »Westermanns illustrierte deutsche Monatshefte«, Nr.
  31, 1871/72. S.81–94, als Teil der Zerstreuten Kapitel.
In St. Jürgen:
  Erstdruck in »Deutsches Künster-Album 2« 1868, S. 74–85.
Draußen im Heidedorf:
  Erstdruck in: Der Salon für Literatur, Kunst und Gesellschaft (Leipzig),
  10. Jg., 1872, 2. Heft.

Neuausgabe mit einer Biographie des Autors
Herausgegeben von Karl-Maria Guth
Berlin 2016

Der Text dieser Ausgabe folgt:
Theodor Storm: Sämtliche Werke in vier Bänden. Herausgegeben von
Peter Goldammer, Berlin und Weimar: Aufbau, 1967.
Theodor Storm: Sämtliche Werke in vier Bänden. Herausgegeben von
Peter Goldammer, 4. Auflage, Berlin und Weimar: Aufbau, 1978.

Die Paginierung obiger Ausgaben wird hier als Marginalie zeilengenau
mitgeführt.

Umschlaggestaltung von Thomas Schultz-Overhage unter Verwendung
des Bildes: Georg Burmester, Bauerngehöft auf Alsen, 1926

Gesetzt aus der Minion Pro, 11 pt

Verlag: Henricus - Edition Deutsche Klassik GmbH
Mörchinger Str. 33, 14169 Berlin, info@henricus-verlag.de
Druck: Libri Plureos GmbH, Friedensallee 273, 22763 Hamburg

Die Ausgaben der Sammlung Hofenberg basieren auf zuverlässigen
Textgrundlagen. Die Seitenkonkordanz zu anerkannten Studienausgaben
machen Hofenbergtexte auch in wissenschaftlichem Zusammenhang
zitierfähig.

ISBN 978-3-86199-763-4

Bibliografische Information der Deutschen Nationalbibliothek

Die Deutsche Nationalbibliothek verzeichnet diese Publikation in der
Deutschen Nationalbibliografie; detaillierte bibliografische Daten sind
im Internet über www.dnb.de abrufbar.

Eine Halligfahrt

Einst waren große Eichenwälder an unserer Küste, und so dicht standen in ihnen die Bäume, daß ein Eichhörnchen meilenweit von Ast zu Ast springen konnte, ohne den Boden zu berühren. Es wird erzählt, daß bei Hochzeiten, welche durch den Wald zogen, die Braut ihre Krone habe vom Haupte nehmen müssen; so tief hing das Gezweig herab. In den Tagen des Hochsommers war unablässige Schattenkühle unter diesen Waldesdomen, die damals noch der Eber und der Luchs durchstreiften, indessen oben, nur von den Augen der revierenden Falken gesehen, ein Meer von Sonnenschein auf ihren Wipfeln flutete.

Aber diese Wälder sind längst gefallen; nur mitunter gräbt man aus schwarzen Moorgründen oder aus dem Schlamm der Watten noch eine versteinte Wurzel, die uns Nachlebende ahnen läßt, wie mächtig einst im Kampfe mit den Nordweststürmen jene Laubkronen müssen gerauscht haben. Wenn wir jetzt auf unseren Deichen stehen, so blicken wir in die baumlose Ebene wie in eine Ewigkeit; und mit Recht sagte jene Halligbewohnerin, die von ihrem kleinen Eiland zum erstenmal hieher kam: »Mein Gott, was is de Welt doch grot; un et gifft ok noch en Holland!«

Und wie erquicklich die Luft auf diesen Deichen weht! Ich komme eben heim; wo hätte ich besser den Sonntagmorgen feiern können!

Schon hatte unten in den Kögen der erste warme Frühlingsregen die unabsehbaren Wiesenlandschaften grün gemacht; schon weideten wieder die unzähligen Rinder auf der Rasendecke, in welcher die Wassergräben zwischen den einzelnen Fennen wie Silberstreifen in der Morgensonne funkelten. Von hüben und drüben, abwechselnd und sich antwortend, in unendlicher Abtönung, erhob sich Gebrüll und klang weit über die Ebene hinaus. Und wie lebendig die Stare waren, diese geflügelten Freunde der Rinder! In lärmendem Zuge kamen sie vom Kooge herauf, schwenkten vor mir hin und wider und fielen dann in dichtem Schwarm auf die Krone des Deiches nieder, um gleich darauf, hurtig um sich pickend, seewärts an der Böschung hinabzuspazieren.

Aber unten entlang dem Strome, der von der Stadt ins Meer hinausführt, schimmerte einladend die neue Strohbestickung, womit zum Schutze gegen die nagende Flut der Saum des Strandes überzogen war.

– Wie anmutig es sich auf diesem sauberen Teppich wandelte! – Es war noch in der Morgenfrühe; das traumhafte Gefühl der Jugend überkam mich wieder, als müsse dieser Tag was unaussprechlich Holdes mir entgegenbringen; kommt doch für jeden die Zeit, wo auch die Gespenster des Glückes noch willkommen sind. – Und siehe! – während das Wasser weich, fast lautlos zu meinen Füßen anspülte, plötzlich mit leichten unhörbaren Schritten ging die Erinnerung neben mir. Sie kam weit her aus der Vergangenheit; aber ihr Haar, das sie kurz in freien Locken trug, war noch so blond wie einst. – Es war deine Gestalt, Susanne, in der sie mir erschien; ich sah wieder dein junges, festumrissenes Gesichtchen, die kleine Hand, die lebhaft in die Ferne zeigte – wie deutlich sah ich es!

Auf einem solchen Teppich an eben diesem Strande schritten wir auch damals nebeneinander. Deine geöffneten Lippen tranken die feuchte erquickende Luft; mitunter, wenn der weiche Südost aufwehte, griff deine Hand nach dem blauen Schleier und legte ihn zurück über das winzige Sommerhütchen. Dann warst du stehengeblieben und horchtest nach oben hinauf; deine jungen neugierigen Augen forschten in der durchsichtigen Luft. »Ich sehe nur eine einzige!« riefst du; »dort steigt sie eben in den Himmel!« Und jetzt vernahm auch ich es; so weit man horchen mochte, zur Höhe wie in die Ferne, der ganze Luftraum schien ein einziges unablässiges Lerchensingen. Die kleinen Sänger selbst aber entschwanden unseren Augen in der blendenden Fülle des Lichtes, das ihn durchströmte. – Und schweigend gingen wir weiter; die Welt war so still und klar, und die Lerchen sangen immerfort; was hätten wir auch reden sollen!

Doch wir waren nicht allein. Die Frau Geheimrätin, Susannens Mutter, ist mir nicht weniger unvergeßlich; sie hatte an der Böschung des Deiches ihr Schnupftuch voll von Champignons gepflückt und wandelte nun wie lauter Erdgeruch an unserer Seite. Es war eine gar stattliche Dame, und selbst die kleinen Ungeheuer der Tiefe, die Seekrabben, schienen ihr den schuldigen Respekt nicht zu verweigern. Sie waren heraufgekrochen, saßen am Rande des Wassers auf der Strohdecke und sonnten sich und drehten ihre knopfartigen Augen; wenn aber das Spiegelbild der Geheimrätin mit der ungeheueren lila Hutschleife über sie hinfiel, klappten sie grimmig mit den Scheren und schossen seitwärts in den Abgrund zurück. – – Nach einer Weile hatten wir ein kleines Schiff bestiegen; »Die Wohlfahrt« hieß es; der Name stand mit goldenen

Buchstaben auf dem Spiegel eingegraben. Wir waren alle glücklich an Bord gelangt; nur daß die alte Dame einen zierlichen Schrei ausstieß, als ihre Champignons, die sie den »lieben Schiffer« zu verwahren bat, so ohne Umstände in den offenen Schiffsraum hinabflogen.

Und leise blähten sich die Segel und leise schwamm das Schiff; man hörte das Wasser vorn am Kiele glucksen. Nach einer Stunde hatten wir die nachbarliche große Insel hinter uns und trieben nun auf der breiten Meeresflut. Eine Möwe schwebte über dem Wasser dicht an uns vorüber; ich sah, wie ihre gelben Augen in die Tiefe bohrten. »Rungholt!« rief der Schiffer, der eben das Segel umgelegt hatte.

Die Geheimrätin, die – ich weiß nicht durch welche Künste – ihren Champignonbeutel wieder in der Hand trug, blickte nach allen Seiten um sich. »Ich sehe nur den uferlosen Ozean!« sagte sie, indem sie ihr Augenglas einschlug und wieder in den Gürtel steckte. Der Schiffer, der mit beiden Armen über Bord lehnte, wandte sein wetterbraunes Gesicht der Dame zu; aber nachdem er sie wie in mitleidiger Verachtung einige Sekunden gemustert hatte, starrte er wieder schweigend ins Meer hinaus.

»Sie müssen dorthin blicken«, sagte ich, »wo nach Senek Ausspruch alle Erdendinge am sichersten verwahrt sind!«

»Und wo wäre das, mein Lieber?«

»In der Vergangenheit; – in diesem sicheren Lande liegt auch Rungholt. Einst zu König Abels Zeiten, und auch später noch, stand es oben im Sonnenlichte mit seinen stattlichen Giebelhäusern, seinen Türmen und Mühlen. Auf allen Meeren schwammen die Schiffe von Rungholt und trugen die Schätze aller Weltteile in die Heimat; wenn die Glocken zur Messe läuteten, füllten sich Markt und Straßen mit blonden Frauen und Mädchen, die in seidenen Gewändern in die Kirche rauschten; zur Zeit der Äquinoctialstürme stiegen die Männer wenn sie von ihren Gelagen heimkehrten, vorerst noch einmal auf ihre hohen Deiche, hielten die Hände in den Taschen und riefen hohnlachend auf die anbrüllende See hinab: ›Trotz nu, blanke Hans!‹ Aber das rotwangige Heidentum, das hier noch in uns allen spukt –«

»Ich bitte doch, mich freundlich auszunehmen!« schob die Geheimrätin mit etwas strammem Lächeln dazwischen.

Ich verbeugte mich zustimmend. »Es bäumte sich noch einmal auf gegen den blassen aufgedrungenen Christengott; die Männer von Rungholt – so wenigstens haben es die geistlichen Chronisten aufgeschrieben – beriefen eines Tages einen Priester und hießen ihn einer kranken Sau das Abendmahl geben. Da ergrimmte der Herr und ließ wie zu Noä Zeiten seine Wasser steigen; und über die Deiche und Mühlen und Türme schwollen sie; und Rungholt mit seinen blonden Frauen und seinen trotzigen Männern« – und ich wies mit dem Finger rückwärts, wo noch vom Kiel unseres Schiffes das Wasser in der Sonne strudelte –, »dort steht es unten, unsichtbar und verschollen auf dem Boden des Meeres. Nur zuzeiten bei hellem Wetter, wenn in der einsamen Mittagsstunde die Wimpel schlaff am Mast herunterhängen und die Schiffer in der Koje schnarchen, dann – wie die Leute sagen – ›dühnt es auf‹. – Wer dann mit wachen Augen über Bord ins Wasser schaut, kann gewahren, wie Türme mit goldnen Gockelhähnen aus der grünen Dämmerung aufsteigen; vielleicht mag er sogar die Dächer der alten Häuser erkennen, und wie zwischen dem Seetang der sie überstrickt hat, seltsam schwerfälliges Getier umherkriecht, oder zwischen den zackigen Giebeln in die Enge der Gassen hinabschauen, wo Muschelwerk und Bernstein die Tore der Häuser verbaut hat und der nie rastende Flut- und Ebbstrom mit den Schätzen versunkener Schiffe spielt. – Aber auch die Schiffer unter Deck erwachen und richten sich auf; denn unter sich aus der Tiefe hören sie es läuten; das sind die Glocken von Rungholt.«

Susanne war indes herangetreten und hatte mit großen Augen zugehört; aber sie bedurfte für diese Seegeschichte eines sachkundigeren Gewährsmannes.

»Läuten sie wirklich, Schiffer?« fragte sie. »Haben Sie es selbst gehört?«

Das klang so allerliebst, daß auch die Backen der alten Teerjacke sich zu einem Lächeln verzogen; und er spie weit ins Meer hinaus, bevor er antwortete: »Ick hevt min Dag nich hört.«

Und weiter fuhren wir über Rungholt. Aber trotz der kühlen Antwort des Schiffers blickte Susanne noch ein paarmal verstohlen über Bord ins Wasser; begann doch auch jetzt die Mittagseinsamkeit sich brütend auf das Meer zu legen. Und als sie sich von mir ertappt sah, errötete sie nur leicht und lächelte; denn meine Augen mochten es den ihren schon verraten haben, wie gern auch ich an Wunder glaubte.

Vor uns in den Horizont trat jetzt ein grauer Punkt, der sich allmählich in die Breite streckte; und endlich stieg ein grünes Eiland vor uns auf. Eine geflügelte Wache schien es zu umgeben; so weit man an dem Strande entlang sehen konnte, wimmelte es in der Luft von großen weißen Vögeln, welche unablässig wie in stiller Geschäftigkeit durcheinander auf- und abstiegen. Stets in demselben Luftraume beharrend, glichen sie einem ungeheuren schwebenden Gürtel, der das ganze Eiland zu umschließen schien; ihre ausgebreiteten mächtigen Flügel erschienen wie durchsichtiger Marmor gegen den sonnigen Mittagshimmel. – Das war fast wie in einem Märchen; und dazu kam mir in den Sinn: mein Freund Aemil, ein leidenschaftlicher Regattenmann, als er in lauer Sommernacht in seinem Boote hier vorbeigetrieben war, wollte von dorther eine entzückende Musik vernommen haben. Der Mond über der stillen Insel gestanden, und während er nach langer Pause heimgerudert, sei in der Nacht und auf dem Meere kein anderer Laut gewesen als diese geisterhaften, allmählich hinter ihm verhallenden Töne.

Aber es war dennoch keine Zauberinsel, sondern eine Hallig des alten Nordfrieslands, das vor einem halben Jahrtausend von der großen Flut in diese Inselbrocken zerrissen wurde; die weißen Vögel waren Silbermöwen, welche dem Strande entlang über ihren Brutplätzen schwebten; larus argentatus, von den Naturforschern längst registriert und in ihren Systemen untergebracht. Als wir bald darauf zu Wagen unter ihrem Ringe durchfuhren, sah ich deutlich über unseren Köpfen die funkelnden Augen und die starken vorn gebogenen Schnäbel. Dabei erklang in kurzen Pausen ein heiseres »Gack! Gack!«, ähnlich dem unserer Gänse, nur hastiger und wilder. Susanne drückte ängstlich den Kopf an ihre Mutter; aber unser Fuhrmann klatschte lachend mit der Peitsche, und das luftige Gesindel stob gackernd nach allen Seiten auseinander.

Und dort auf der hohen Werfte, inmitten der öden baumlosen Insel, lag das große Hallighaus mit dem tief hinabreichenden Strohdache, in welchem nun schon seit Jahren »der Vetter«, ein alter trefflicher Junggeselle, sich bei den schweigsamen Bewohnern eingemietet hatte. »Die Räder der Staatsmaschine« – so hatte er mir derzeit seine Übersiedelung angekündigt – »werden mir doch zu indiskret; ich weiß, es gibt Leute, die davon entzückt sind; mich anlangend, so kann ich's nicht ertragen, wenn sie mir fortwährend hinten in die Rockschöße haspeln.« – Und so war er denn mit seiner Bibliothek und seinen allerlei Sammlungen in diese Meereseinsamkeit gezogen, wo er sich seiner Meinung nach außer dem Bereich der verhaßten Maschine befand.

Auf ihn auch war ohne Zweifel jene nächtliche Musik zurückzuführen; denn noch vor einigen Jahren hatte er in der Stadt, in der er damals lebte, für einen großen Geigenspieler gegolten, obgleich er, so lang ich denken konnte, jede Aufforderung zum Spiel mit dem Bemerken ablehnte, daß das vorüber sei. Ich selbst hatte ihn nur einmal, da ich noch im Hause meiner Eltern lebte, spielen hören; dieses eine Mal aber wurde für mich die Ursache wiederholter Täuschungen; denn wenn ich später in den Konzerten weltberühmter Virtuosen saß, so trug ich selten etwas anderes davon, als eine traumhafte Sehnsucht nach jenem Spiel des Vetters. Dennoch sollte er während meiner späteren Abwesenheit von der Heimat noch einmal, jedoch nur auf kurze Zeit, seine Geige wieder zur Hand genommen und, wie einstens, alles mit sich fortgerissen haben. Ein Näheres darüber hatte ich nicht erfahren. Für gewöhnlich war der Vetter ein munterer alter Herr, dem man nicht anmerkte, vor welch tiefer Erregung oft diese freundlichen Augen Wache hielten.

Aber schon war unser Wagen am Fuß der Werfte angelangt, und dort oben in der Tür unter dem steinernen Giebel stand er selbst, der kleine schmächtige Mann mit den tiefliegenden Augen und dem vollen weißen Haupthaar. »Willkommen im Ländchen der Freiheit!« rief er, während er eilig herab kam und dem Dienstjungen die Leiter an den Wagen legen half. Und wahrlich frei genug war es hier; außer der Werfte mit dem breit darauf gelagerten Hause schien aus der grünen Inselfläche nichts hervorzuragen als etwa eine zerstreut umherweidende Schafherde; selbst das Gras war so niedrig, daß es kaum den dazwischen umherkletternden langbeinigen Schnaken ein Hindernis in den Weg legte.

Sein Wohnzimmer hatte sich der Vetter in dem größten Raume des Hauses, dem sogenannten Pesel, eingerichtet. Schränke mit Büchern, mit Konchylien und andern Sammlungen, Karten und Kupferstiche nach Claude Lorrain und Ruisdael bedeckten die übrigens weißgetünchten Wände. Von dem Aufsatze des Schreibtisches schaute neben einer Statuette der Venus mit dem Delphin, die von einem Korallenbaume aus den Südseeinseln gleichsam überschattet war, das markige Antlitz Beethovens in der bekannten Kolossalbüste auf uns herab.

Als wir in die Tür traten, flog uns ein kleiner Vogel entgegen, flatterte einen Augenblick wie zweifelnd hin und her und setzte sich dann auf die Hand seines Herrn, mit dem lebhaft bewegten Köpfchen zu ihm aufblickend. »Nur ein Sperling!« sagte der Vetter lächelnd und den verwunderten Blick der alten Dame beantwortend; »Sie wissen, der Sperling gleicht dem Menschen, an sich ist er ohne Wert, aber er trägt die Möglichkeit zu allem Großen in sich. Der Bursche hier und ich, wir leben trefflich miteinander.« – Auf seinen Wink flog der Vogel wieder fort und ließ sich auf einen Ast des Korallenbaumes zu Häupten der schaumgeborenen Göttin nieder, als warte er wie einst darauf, mit lustigen Genossen vor ihren Wagen gespannt zu werden, um sie über das blaue griechische Meer in den Schatten ihrer heiligen Haine zu tragen. Wir aber schlürften bald aus zierlichen Tassen den Trank der modernen Welt; ich meine nicht den Kaffee, sondern den Tee, den wir Küstenbewohner auch an einem heißen Hochsommervormittage nicht verschmähen.

Durch die Fenster, welche in der Front des Hauses gegen Süden lagen, sah man auf die grüne Fläche der Hallig und fern am Strand die Brandung, welche silbern in der Sonne schimmerte. Unser Schiff war von hier aus nicht zu sehen; aber dort zu Westen starrte der Mast eines anderen kleinen Fahrzeugs in die Luft; es war vor kurzem hier gestrandet und jetzt Eigentum der Halligleute. – Was überhaupt war hier nicht Strandgut! Der große schwarze Hund, der jetzt im Hause umherlief, nicht weniger als der edle Alicante, den wir späterhin bei Tische tranken. Und wie stand es um die Bibliothek des Vetters? –

Meinem angeborenen Triebe folgend, hatte ich die Bücherschränke durchstöbert und blätterte eben in einem abgegriffenen Exemplar des »Hesperus«, als eine kleine Hand sich leise auf das erste weiße Blatt des Buches legte. Der Name »Emma« stand hier eingeschrieben und ein Kreuz darunter.

Noch höre ich den Laut unschuldiger Teilnahme, den Susanne bei diesem Anblick ausstieß. »Wer war das, Onkel?« rief sie. »Hast du sie gekannt?«

»Gekannt, mein Kind?« wiederholte der Alte und strich mit dem Finger über eine Bücherreihe. »Das ist auch Strandgut; fast alles Antiquaria! Die einstigen Besitzer sind gescheitert oder zugrunde gegangen; ihre Bücher sind in alle Welt getrieben, von geschäftigen Leuten aufgefischt und verkauft; und nun stehen sie hier eine Weile, bis auch ihren jetzigen Besitzer das gleiche Los ereilt. – Aber freilich, dennoch kenne ich diese Emma, wenn sie auch schwerlich davon weiß, daß ich ihre posthume Bekanntschaft gemacht habe.«

Susanne blickte gespannt in die immer lebhafter mitredenden Augen des Vetters.

»Siehst du!« fuhr er fort – und er nahm mir das Buch aus der Hand und schlug einige Seiten darin auf – »hier steht es deutlich: sie liebte, litt und starb. Diese kurze Geschichte erzählen mir hier die Bleistiftstriche unter ihren Lieblingsstellen, das vertrocknete Vergißmeinnicht, dazu das Kreuz. Auch eine alte Jungfer ist sie gewesen und häßlich genug, daß ihre schönen Augen niemandem haben gefallen wollen; auch dem einen nicht, der nie daran gedacht hat, wie glücklich er sie an jenem Frühlingstage machte, als er die welke Blume so gedankenlos ihr gab, wie er sie vorhin gedankenlos gebrochen hatte. Ein Gesichtchen wie das deine wird das nie verstehen; aber«– und er blickte halb schmerzlich, halb in zärtlicher Bewunderung in das schöne Antlitz des jungen Mädchens – »nicht wahr? durch dich soll niemand Leid erfahren!«

Susanne öffnete die Lippen, als wolle sie eine Frage tun; aber der Vetter strich sanft mit der Hand über ihr blondes Haar; dann wandte er sich ab und setzte mit fast zarter Sorgsamkeit das Buch an seinen Ort. Er mag wohl gefühlt haben, daß ich das bemerkte; denn er sagte lächelnd: »Nun, nun! da ist nicht bloß der ›Hesperus‹, da ist auch noch ein armes treues Menschenherz darin.«

Zufällig sah ich in diesem Augenblicke unter dem Bücherschranke den mir von früher wohlbekannten schwarzen Geigenkasten. Was war nach solchen Gesprächen natürlicher, als daß ich den alten Herrn an jene Melodie aus meiner Knabenzeit erinnerte, und in ihn drang, sie mich jetzt noch einmal hören zu lassen. – Aber er schien fast erschrocken. »Nein, nein, mein Junge!« sagte er, den Kasten hastig in die äußerste Ecke schiebend. »Siehst du denn nicht, daß das ein Särglein ist? Man soll die Toten ruhen lassen.«

Und so war denn weiter von dem Geigespielen nicht die Rede.

Nicht zu leugnen stand übrigens, daß die äußerst zarte Organisation des Vetters im Anstoß mit den Außendingen ihn zu einem für Durchschnittsmenschen ziemlich seltsamen Kauz gemacht hatte. Auch verfehlte er nicht, die Frau Geheimrätin, welche ein seltenes Geschick hatte, ihn an seinen heikelen Stellen zu berühren, im Laufe dieses Tages mehr als einmal gründlich in Verwunderung zu setzen.

Die gute Dame konnte es nicht verwinden, daß er, »der hochgebildete Mann«, die feine Gesellschaft seines früheren Wohnorts mit dieser nur von Halligleuten und einem zahmen Sperling bevölkerten Einöde vertauscht habe, und nahm dies Thema stets von neuem wieder auf. – Die kleine Szene, welche zwischen den beiden alten Herrschaften hieraus entsprang, werde ich nie vergessen.

»Frau Cousine!« sagte der Vetter mit großem Nachdruck, indem er eine schon erfaßte Apfelsine in die Kristallschale zurückfallen ließ – denn wir saßen nach beendigter Mittagstafel eben noch am Nachtisch –, »wenn in Novembernächten der Sturm hier unser Haus gepackt hat, daß wir aufgeschüttelt aus den Betten springen; – wenn wir dann durchs Fenster in Augenblicken, wo eben die Wolken am Mond vorübergejagt sind, das Meer, aber das vom Sturm gepeitschte Meer hier unten am Fuße unserer Werfte sehen, die allein noch hervorragt aus den schäumenden, tobenden Wasserbergen; – Sie glauben nicht, Frau Cousine, wie erquicklich es ist, sich einmal in einer andern Gewalt zu fühlen als in der unserer kleinen regierungslustigen Mitkreaturen!«

Ich mag wohl stumm dazu genickt haben, denn ich wüßte auch jetzt noch nichts Erkleckliches dagegen einzuwenden; die Frau Cousine aber wollte das allerdings nicht glauben, sondern fuhr fort, heftig für das feste Land und dessen gute Gesellschaft zu plädieren.

Eine Weile hörte der alte Herr geduldig zu; dann aber begann es schalkhaft um seinen noch immer schönen Mund zu zucken.

»So will ich's offen denn bekennen;« sagte er; »die Exzellenzen und die Geheimen Ober-Gott-weiß-was-Räte begannen sich die letzte Zeit in unserer guten Stadt auf eine für mich äußerst beunruhigende Weise zu vermehren.«

Ich sah das herablassendste Lächeln in dem Antlitz der alten Dame aufsteigen.

»Aber, mein Gott, was taten Ihnen denn – ?«

»Mir, Frau Cousine? Ich dächte doch; sie gingen überall dort in der Sonne, wo eben mir zu gehen beliebte. Es sind das aber, solange sie noch in ihren Drähten hängen, oftmals ganz verruchte Figuren, und man muß ihnen ausbiegen, damit man keine Schläge von ihren hölzernen Armen bekommt.«

Die Geheimrätin wurde unruhig.

»Aber, lieber Herr Vetter, mein seliger Mann –«

»Gewiß, gewiß, Frau Cousine!« Und der Vetter legte beschwichtigend seine Hand auf ihren Arm. »Ich kenne eine ganze Blumenlese davon, die alle einen unheimlichen Anstrich mit sich herumtragen; diese Kerle – ich wette! – wischt man ihnen die Staatskalendernummer von der Stirn, so sitzen sie da wie ausgeblasene Hülsen; und ich sehe schon, wie ihnen die Augen verglasen, während das bißchen Akten- und Rangklassenbewußtsein daraus verdunstet.«

»Aber, Herr Vetter!« Und die Geheimrätin benutzte eine augenblickliche Pause; »mein trefflicher seliger Mann –«

Und der Vetter legte wieder beschwichtigend seine Hand auf ihren Arm.

»Gewiß, gewiß, Cousine! Und damit ich niemandem unrecht tue, es gibt auch recht charmante Leute unter ihnen!«

Und sich plötzlich zu mir wendend, begann er immer schneller und heftiger zu reden, bis er zuletzt einige unleugbar handgreifliche Worte niederzuschlucken sich ehrlich aber vergebens bemühte.

Die Geheimrätin hatte resigniert die Hände gefaltet und sagte gar nichts mehr; der Vetter aber war aufgesprungen, mit erhitztem Gesicht riß er die Stubentür auf und rief: »Mantje, ein Glas Wasser!«

Bevor aber Mantje noch erscheinen konnte, rannte er selber hintennach.

Die alte Dame schien allmählich aufzuatmen.

»Ein angenehmer Mann, der Vetter«, sagte sie hüstelnd, »indes, ich sehe ihn doch am liebsten hier auf seiner Insel.«

Aber schon trat er selber wieder in die Stube.

»Ich habe unziemlicherweise die Tafel abgebrochen«, sagte er entschuldigend; »Sie wissen ja: Herz schon so alt und noch immer nicht klug! – Lassen Sie uns nach Landesbrauch nun Martje Flors Gesundheit trinken!« Er füllte die Gläser und erhob das seine. »Frau Cousine! Susanne! Mein lieber Junge! Auf daß es uns wohl gehe in unseren alten Tagen!«

Und wir tranken, wie das diesem ernstesten aller Trinksprüche eigen zu sein scheint, schweigend, und schüttelten uns die Hände.

Die Geschichte aber, welche demselben zugrunde liegt, verdient es, 304 auch in weiteren Kreisen erzählt zu werden. Als nämlich Tönningen, die größte Stadt der Landschaft Eiderstedt, einst von den Schweden belagert wurde, hatte eine Gesellschaft feindlicher Offiziere in dem benachbarten Kathrinenherd Quartier genommen und trieb dort arge Wirtschaft; sie ließen sich Wein auftragen, zechten und lärmten, als seien sie die Herren hier. Martje Flor, die zehnjährige Tochter des Hauses, stand dabei und sah unwillig dem Gelage zu, denn sie gedachte ihrer Eltern, die das unter ihrem Dache dulden mußten. Da reichte einer der Trinker ihr ein volles Glas und rief, was sie so trübselig dastehe, sie solle Heber auch eine Gesundheit ausbringen! Und Martje trat mit ihrem Glase an den Tisch, wo die feindlichen Kriegsleute saßen, und sprach:

»Dat et uns wull ga up unse ole Dage!« – Und auf dieses Wort des Kindes wurde es still.

Seitdem versteht es jeder bei uns zu Hause, wenn am Schlusse des Mahles der Wirt es seinen Gästen zubringt: »Und nun noch – Martje Flors!«

Als wir nach aufgehobener Tafel vor die Haustür traten, führte uns der Vetter unter bedeutungsvollem Schweigen am Hause entlang bis an die südwestliche Ecke desselben. Hier stieß er ein unter herabhängendem Holunder fast verborgenes Pförtchen auf; und, wie in ein Wunder blickten wir in einen großen baumreichen Garten hinab, den an diesem Orte, bei der rings umgebenden Öde, wohl niemand hätte vermuten können. – Drunten, von der Insel aus dem Auge ganz verborgen, lag er in einer kesselförmigen Vertiefung der Werfte, an deren schräg abfallenden Wänden sich zwischen verschiedenartigen Obstbäumen eine Reihe üppiger Gemüsebeete entlangzog.

Von unten aus dem Grunde blinkte ein kleiner Teich, ringsum von einem hohen Ligusterzaun umschlossen. Auf dem daran entlangführenden Steige erschien eben, vom Hause hinabspazierend, eine weiße Katze; aber sie verschwand gleich darauf unter dem Schatten der Obstbäume, welche vom Garten aus ihr dichtes Gezweig über den Steig hinüberstreckten. Die blanken Blätter glänzten in dem sattesten Grün, als seien sie nie von einem gefräßigen Insekt berührt worden; nur freilich, wo die Kronen der Bäume den oberen Gartenrand erreichten, waren sie sämtlich wie mit der Zaunschere abgeschoren, was nach des Vetters Erläuterung von dem Nordwestwinde ohne jegliche Bestellung ausgeführt wurde.

Die Aufmerksamkeit unserer »Maman« war durch eine Pumpe erregt worden, welche unweit des Einganges in dem kleinen Teiche stand; und während der alte Herr, unter lebhaften Schlägen mit dem Schwengel, ihr die Speisung und Bedeutung dieses Süßwasserbehälters der Insel zu erklären begann, gingen Susanne und ich in das trauliche Gartennest hinab, wo der Sonnenschein wie eingefangen auf dem grünen Laube schlief. Wir schritten langsam der weißen Katze nach, und verschwanden gleich ihr unter dem dichten Laube der Apfelbäume, das fast Susannens goldklares Haar berührte; um uns her schwamm der Duft von Federnelken und Rosen, die oben zwischen den Gemüsebeeten blühten. Unmerklich, wenn mich die Erinnerung nicht täuscht, waren wir in jenen träumerischen Zustand geraten, von dem in der Sommerstille, inmitten der webenden Natur so leicht ein junges Paar beschlichen wird: sie schweigen, und sie meinen fast zu reden; aber es ist nur das Getön des unsichtbar in Laub und Luft verbreiteten Lebens, nur das Hauchen der Sommerwinde, die den Staub der Blüten zueinander tragen. Ich glaube, wir saßen auf einer kleinen Holzbank und blickten – wer weiß, wie lange schon! – durch die Lücken des Zauns auf das unten schimmernde Wasser, als plötzlich die akzentuierte Stimme der Geheimrätin mich auf die Oberfläche des Lebens zurückrief; und gleich darauf erschien auch der alte Herr und trieb uns mit munteren Worten zum Kaffee in das Haus.

Aber ich stahl mich bald davon, um mir nach meiner Weise allein und ungestört die verschiedenen Räume des großen, ganz im Viereck gebauten Hauses anzusehen.

Eine Weile stand ich in einer Art von Zimmerwerkstatt und plauderte mit dem Sohne des Hauses, der, gleich Robinson, alle Hantierungen vom Robbenjäger bis zum Zimmermann in sich vereinigte und augenblicklich in letzter Eigenschaft an den Blöcken eines Segelbootes arbeitete, das von einer Nachbarinsel aus bei ihm bestellt war.

Von hier gelangte ich in einen langen, ziemlich düstern Stall. Er war leer, da das Vieh draußen auf der Hallig weidete; nur die weiße Katze saß jetzt hier auf der Krippe, und einige Hühner liefen gackernd durch das Mauerloch aus und ein; an den Wänden sah ich hie und da ein Seehundsfell zum Trocknen angenagelt.

Zu Ende des Stalles, im rechten Winkel daran stoßend, noch stiller und noch mehr in Dämmerung, lag die Scheune; und dort in ihrer Mitte stand das neue Boot, noch duftend von dem Harz des Waldes, von keiner Welle noch berührt. Wie selbstverständlich, stieg ich ein; ich setzte mich auf die Ruderbank und dachte an den Vetter, weshalb er denn vorhin sein Geigenspiel vor uns verleugnet habe.

Es war völlig einsam hier. Die kleinen, überdies mit Spinngewebe überzogenen Fenster lagen so hoch, daß sie keinen Ausblick zuließen. Vom Hause her vernahm ich keinen Laut; aber draußen um die Mauern, obgleich gegen Mittag der Wind sich fast gänzlich gelegt hatte, ertönte eine Art von Luftmusik, die mich die großen Register ahnen ließ, mit denen hier um Allerheiligen der Sturm sein Weltmeerkonzert in Szene zu setzen pflegt. Nach einer Weile mischten sich leichte Schritte, die durch den Stall daherkamen, in dieses Tönen der Luft, und als ich aufblickte, stand Susanne in der Tür, ihr Hütchen am Bande hin und her schwenkend.

»Weshalb sind Sie denn fortgelaufen?« rief sie, indem sie trotzig den Kopf zurückwarf. »Mama sitzt drinnen vor einer Seekarte, und Onkel hat ein großes Teleskop am offenen Fenster aufgestellt. Ich mag aber nicht durch Teleskope sehen.«

»So gehen Sie bei mir an Bord!« erwiderte ich, auf meiner Ruderbank zur Seite rückend, »es ist ein neues sicheres Fahrzeug.«

»In dieses Boot soll ich steigen? Weshalb? Es ist so düster hier.«

»Hören Sie nur, wie die zarten Geister musizieren!«

Sie horchte einen Augenblick, dann kam sie näher und hatte schon ihr Füßchen auf den Rand des Bootes gesetzt.

»Nun, was zögern Sie, Susanne? Haben Sie kein Vertrauen zu meiner Steuerkunst?«

Sie sah mich an; es war etwas von dem blauen Strahl eines Edelsteins in diesem Blicke, und es überfiel mich, ob mir nicht doch von diesen Augen Leids geschehen könne. Ich mag sie dabei wohl seltsam angestarrt haben; denn, als wandle eine Furcht sie an, zog sie langsam ihren Fuß zurück.

»Wir wollen lieber an den Strand hinab!« sagte sie leise. »Ich möchte noch die Nester der Silbermöwen sehen!«

So verließ ich denn mein gutes Fahrzeug, und wir traten aus dem Hause, wo die Tageshelle fast blendend in unsere Augen strömte. – Ohne von den alten Herrschaften etwas wahrzunehmen, gingen wir die Werfte hinab und über die Hallig nach dem Strande zu. Ein Stengel duftenden Seewermuts, eine violette Strandnelke wurde im Vorbeigehen mitgenommen, sonst war hier nichts, das unsere Aufmerksamkeit hätte erregen können. An manchem der oft tiefen Gerinne, womit, wie mit einem Gewebe, die ganze Hallig überzogen war, mußten wir auf und ab wandern, bevor wir eine Stelle zum Hinüberspringen fanden. Aber Susanne hatte die Mädchenturnschule durchgemacht, und an ihren Schultern waren die unsichtbaren Flügel der Jugend; ich hörte deutlich ihr melodisches Rauschen, wenn der kleine Fuß zum Sprunge ansetzte und wenn sie dann so rasch hinüberflog.

Ein leichter Wind hatte sich aufgemacht, als wir den Strand erreichten. Das Meer, das bei der eingetretenen Flut nur etwa einen Büchsenschuß von dem grünen Lande entfernt war, lag jetzt wie fließendes Silber vor
den schräg fallenden Strahlen der Nachmittagssonne; bis weit hinaus

um den Strand der Insel hörte man das Getöse der Brandung. In der Luft war noch immer, wie am Vormittage, das Steigen und Sinken der großen Silbermöwen, nur daß jetzt, da kein Licht von oben durchschien, das schneeige Weiß ihrer Flügel sich noch mehr gegen den blauen Himmel abhob. Auch kleinere schwarze Vögel mit storchartigem Schnabel sahen wir, die wie mit hellem Kriegsschrei durch das Gewimmel der großen Möwen hin- und herschossen.

Und jetzt ließ Susanne einen Ruf des Entzückens hören; in einem Tangbüschel, umgeben von einem rötlichen Kranze zermalmter Schaltiere, lagen zwei der großen graugrünen Eier; sechs Schritte weiter wieder zwei; und dort, etwas seitwärts, schimmerten gar drei von den kleineren Eiern des schwarzen Austerfischers. Die meisten lagen auf dem bloßen Sande; denn, wie der Vetter sagte, »diese Kreaturen machen wenig Umstände mit ihrer Häuslichkeit«. Die Vögel gackerten und schrien; Susanne aber, unbekümmert und mit vor Neugier leuchtenden Augen, schritt immer weiter hinaus, von Nest zu Nest.

Ich hatte mich gegen das Meer hin auf den Rand des Ufers gesetzt. Eine Weile blickte ich Susannen nach; wohin dann meine Gedanken gingen, hätte ich wohl selber kaum zu sagen gewußt, meine Augen aber buchstabierten immer wieder an dem Spiegel unseres unweit auf dem Wasser schaukelnden Schiffes den mir längst bekannten Namen »Die Wohlfahrt«, dessen goldene Buchstaben in der Sonne zu mir herüberglänzten. Das Anrauschen des Meeres, das sanfte Wehen des Windes – es ist seltsam, wie das uns träumen macht.

Als ich aufstand, war von Susanne nichts zu sehen. Ich ging eine Strecke an dem Ufer hin, während über mir die Möwen gleich ungeheueren Schneeflocken in der Luft tanzten. Ich rief, ich sang – keine Antwort. Endlich dort, weitab in einer Bodensenkung sah ich sie im Sande knien. In der scharfen Beleuchtung der schon abendlichen Sonne gewahrte ich eines der großen Eier in ihrer Hand; sie hielt regungslos das Ohr darauf geneigt, als wolle sie das keimende Leben belauschen, das darin verschlossen war. Ihr zu Häupten aber schwebten zwei der mächtigen Vögel, die sich aus der langen Kette losgelöst hatten; sie stießen ihre heiseren Töne aus und schlugen wie zornig mit den weißen Flügeln. Unwillkürlich blieb ich stehen; so wild und doch so anmutvoll war dieses Bild. Die kniende Gestalt des Mädchens regte sich noch immer nicht. Da schoß eines der erzürnten Tiere so jäh auf sie herab, als hätte es mit seinem Schnabel ihre Locken packen müssen.

Susanne stieß einen lauten Schrei aus, daß selbst die Vögel erschreckt zur Seite stoben; dann schleuderte sie das Ei weit von sich, und wie vorhin über die kleinen Abgründe, flog sie auf mich zu und schlang beide Arme um meinen Hals. – –

»Nur ein Hauch darf beben,
Blitzen nur ein Blick;
Und die Engel weben
Fertig ein Geschick.«

So sagt ein Dichterwort. – Aber dieser Hauch bebt oft auch nicht. – Ich war ein junger Advokat, und längst von wohlmeinender Seite mir bedeutet worden, wenn ich in meinem Berufe »prosperieren« wolle, so müsse ich nicht nur meinen grauen Heckerhut beiseite legen, sondern mir auch den Schnurrbart abrasieren. Beides hatte ich unterlassen, bisher leichtsinnig und wohlgemut; jetzt aber fiel es mir zentnerschwer aufs Herz, und, seltsam, während die Brandung eintönig vor meinen Ohren rauschte und der blonde Mädchenkopf noch immer an meiner Schulter ruhte, konnte ich meine Gedanken zu nichts Besserem bewegen, als sich gegen diese Tyrannei der öffentlichen Meinung immer von neuem in Schlachtordnung aufzustellen; ja der Heckerhut und der Schnurrbart selbst begannen zuletzt wie zwei feindliche Gespenster gegen mich aufzustehen.

»Susanne«, sagte ich endlich resigniert, »wir werden heimgehen müssen, es wird schon spät.«

Es ist dies jedenfalls recht ungeschickt gewesen; denn ich weiß noch gar wohl, wie Susanne mich erschrocken von sich stieß und dann, bis unter ihr lockicht Stirnhaar errötend, wie hülflos vor mir stehenblieb. Und ohne Zweifel war es nicht eben viel geschickter, als ich, um das wieder gut zu machen, ihre beiden Hände ergriff und tröstend zu ihr sagte: »Ich weiß wohl, daß es nur die wilden Vögel waren.«

Aber wie auch immer – da wir nun zurückgingen, es war doch anders als vorhin; sie hatte sich nun einmal doch in meinen Schutz begeben. Noch oft, wenn über uns ein Vogelschrei ertönte, warf sie hastig das Köpfchen herum, ob auch die geflügelten Feinde hinterdreinkämen, um ihre zerstörte Brut zu rächen; und wenn wir dann an ein Gerinne kamen, so reichte sie wie selbstverständlich mir die Hand, und es war unverkennbar, daß wir nun zusammen flogen.

Als wir auf der Werfte anlangten, stand der Vetter in der Tür.

»Susanne, mein liebes Kind«, sagte er mit einem seltsam geheimnisvollen Wesen, »deine Mutter ist drinnen im Zimmer; ich möchte ein Wort mit unserem jungen Freunde reden.«

Somit faßte er mich unter den Arm und führte mich um das Haus bis an die hintere Seite desselben. Hier machte er Halt und sah mir lange und zärtlich in die Augen.

»Mein Herzensjunge!« sagte er dann, »jetzt weiß ich's ja, weshalb du vorhin das alte Liebeslied von mir verlangtest, denn ich will's dir nur gestehen, daß es ein solches war, und zwar ein echtes. Da es dich die langen Jahre und bis zu diesem Ziele begleitet hat« – der Vetter hielt einen Augenblick inne –, »wenn du mich demnächst selbander besuchen wirst, ich glaube wohl, daß ich die Melodie noch wiederfinde.«

Was sollte ich auf so verfängliche Reden antworten!

»Ich verstehe Sie nicht, lieber Vetter!« sagte ich.

»Du verstehst mich nicht?«

Ich mußte wiederholt diese Versicherung geben; dann aber kam es heraus.

Vom Zimmer aus hatte der Vetter sein Teleskop auf immer neue Inseln und Halligen gerichtet, und die Geheimrätin hatte immer treu hindurchgesehen, »bis wir«, fuhr er fort, »zuletzt auch unseren eigenen Strand und als Staffage dich und Susanne vor unser Glas bekamen. Die Frau Cousine blickte mit ganz mütterlichem Stolze auf euch beide hin, auf einmal aber springt sie mit einem ›O mein Himmel!‹ in die Stube zurück. ›Vetter!‹ ruft sie, ›ich verstehe die Situation nicht!‹ und schiebt dann mit großer Hast mich selber vor das Teleskop. Und wie nun ich hindurchsehe – ›Erstaunlich!‹ rufe auch ich, ›aber doch nicht völlig unverständlich!‹ und ›Meinen herzlichen Glückwunsch, Frau Cousine!‹ Denn, leugne es nur nicht, Vetter! du hieltest sie richtig in deinen Armen, und ich sage nur: Halte fest, mein Junge, halte fest! Denn dieses Kind ist Gott und den Menschen ein Wohlgefallen!«

Das Gesicht des alten Herrn strahlte vor Freude, und mir selbst begann das Herz sehr laut zu klopfen. Aber was half das alles!

»Es tut mir leid«, sagte ich, »aber bestellen Sie den Glückwunsch nur wieder ab; denn es ist nichts, Vetter!«

»Nichts?«

»Nein, nichts!«

Und ich erzählte ihm nun, daß es nur die großen Vögel gewesen seien.

»Erstaunlich!« Er sah mich eine Weile zweifelnd an; dann, wie plötzlich entschlossen, drückte er mir kräftig die Hand und sagte: »Mein Herzensjunge, ich glaube, nun verstehst du die Situation nicht.«

Ob inzwischen auch Susanne ihre Mutter in dieser Weise aufgeklärt hatte, weiß ich nicht; ich bemerkte, da wir ins Zimmer traten, nur ein noch etwas feierlicheres Wesen an der alten Dame, als ihr sonst zu eigen war.

Nicht lange nachher kam die Zeit des Abschiedes. Die Damen fuhren; ich, in Begleitung des Vetters, ging zu Fuß an den Strand hinab. Als der Wagen uns schon fast erreicht hatte, ergriff der Alte noch einmal meinen Arm und führte mich ein Stückchen an dem Wasser hin.

312

»Also es ist wirklich nichts, mein Junge?«

»Wirklich nichts, Vetter!«

Er sah mich traurig an.

»Nun, so komm zu mir auf meine Hallig; wir lassen zu Ostern drei Fach für dich anbauen; überleg dir's wohl!«

Und er drückte kräftig meine beiden Hände.

Dann gingen wir zu Schiffe. Als wir schon weit vom Lande auf dem tiefen Wasser schwammen, sahen wir noch lange den Vetter, wie er grüßend seine Mütze schwenkte und wie die Abendsonne auf seine weißen Haare schien.

Nach Sonnenuntergang drehte sich der Wind; eine sanfte Brise wehte aus Südwest; vor uns aus dem dunklen Wasser stieg der Mond und erhellte mit seinem sanften Licht das Meer. Die Geheimrätin hatte ihren Atlasmantel mit Silberfuchs umgetan und der Kühle wegen sich unten in dem offenen Schiffsraume eingerichtet. Susanne, in weiche Tücher eingehüllt, lehnte neben mir an der Schanzkleidung; ihr Antlitz erschien fast blaß in der nächtlichen Beleuchtung.

Einmal aus der Ferne drang das Winseln eines Tieres über das Wasser zu uns her, und die Schiffer sagten, daß es ein junger Seehund sei, der seine Mutter suche. Dann war es wieder still, und nur die Wellen an unserem Schiffe rauschten. Wir aber standen noch immer und blickten über das Meer hinaus. Wohin in dieser leeren Weltenferne unsere Blicke gingen, wer vermöchte das zu sagen! Ob etwa auch Susanne noch an die wilden Vögel dachte? Sie verriet mir nichts davon, und ich habe es auch später nicht erfahren. Ebenso unsicher bin ich, ob der Klabautermann an Bord gewesen ist. Einmal, da ich den Kopf wandte, war mir zwar, als ob dort am Bugspriet unter dem Klüversegel sich etwas wie Nebel zusammenkauere, allein ich achtete nicht darauf. Zwei junge Augen, die sich, still wie diese Nacht, mitunter zu mir wandten, waren ein holderes Geheimnis. Wohl aber fühlte ich, daß Geister mit uns fuhren, denen selbst die Nähe der Geheimrätin kein Gegengewicht zu leisten vermochte.

Als wir dann endlich wieder auf unserem Deiche nach der Stadt zu-313rückkehrten, sang über dem dämmernden Kog unsichtbar noch eine Lerche. Zur anderen Seite stand der Mond und warf gelblich blinkende Lichter auf den von der eintretenden Ebbe bloßgelegten Schlamm.

Es gibt Tage, die den Rosen gleichen; sie duften und leuchten, und alles ist vorüber; es folgt ihnen keine Frucht, aber auch keine Enttäuschung, keine von Tag zu Tag mitschreitende Sorge. – Ich habe meinen Hut und meinen Schnurrbart beibehalten, bis endlich beide zur allgemeinen Mode wurden und darin verschwanden. Es ist mir andererseits verhüllt geblieben, ob etwa im Verlaufe des Lebens der Blick jener blauen Augen neben dem Strahl des Edelsteins nicht auch die Härte desselben angenommen hat. Der Tag auf des Vetters Hallig, und mitten darin Susannens süße jugendliche Gestalt steht mir, wie Rungholt, wohlverwahrt in dem sicheren Lande der Vergangenheit.

Noch einmal, einige Jahre später, habe ich den Vetter auf seiner Hallig besucht; freilich nicht selbander, wie er derzeit es so herzlich mit mir im Sinne hatte. Sein Geist schien noch rüstig, aber mit seinem Körper ruhte er doch am liebsten am Fenster in dem weichen Lehnstuhle und ließ statt seiner Füße nur die Augen über die Hallig nach dem Strande wandern. Als ich hier ihm gegenübersaß, sah ich draußen aus dem blauen Himmel zwei jener weißen Möwen gegen das Haus fliegen. Auf halber Höhe der Werfte ließen sie sich nieder, und der Vetter öffnete das Fenster und warf ihnen Brot- und Fleischschnitte zu, die er neben sich auf der Fensterbank für sie in Bereitschaft hatte. »Früher kam ich zu ihnen«, sagte er, »nun müssen sie schon zu mir kommen.« – –

Jetzt suchen sie vergebens ihren Freund. Zwar ist er auf seiner Hallig geblieben, aber aus dem Hause hat man ihn hinausgetragen; die grüne Rasendecke liegt schützend über ihm. Er hat es gewagt, sich hier zur Ruhe zu begeben; wohl wissend, daß der Sturm die Flut zu seinem

Grabe treiben, daß die Flut es aufwühlen und ihn in seinem schmalen Ruhebette auf das weite Meer hinaustragen könne. Aber wie hätte er jene großen Mächte fürchten sollen, in deren Schutz er sich so gern gesichert glaubte!

Mir hatte der treffliche Mann außer seiner Bibliothek und seinem handschriftlichen Nachlasse auch seine Cremoneser Geige vermacht, welche ich zufolge testamentarischer Anordnung, obgleich des Geigenspiels ganz unkundig, weder verschenken noch verkaufen, sondern nur vererben darf. So liegt sie denn jetzt unberührt bei anderen Gedächtnisstücken. Unter den Papieren aber finden sich einige kurze Aufzeichnungen von der Hand des Verstorbenen, welche vermuten lassen, daß derzeit bei seiner Flucht aus der Welt noch ein besonderer Hebel mitgewirkt habe. Auch die Zeit stimmt hiermit über ein, denn nach dem beigefügten Datum stammen sie sämtlich aus den letzten Jahren vor seinem Halligleben. Er wohnte damals noch in seinem eigenen Hause, das dicht neben der Stadt in einem baumreichen Garten gelegen war. Aus seinem Wohnzimmer, welches sich im oberen Stocke befand, sah man durch einige davorstehende Lindenbäume über ein paar grüne Felder auf die Heide, die sich damals noch weit nach Westen hinauszog. Ich weiß noch wohl – denn ich habe dort oft bei ihm gesessen –, wie sehr er diesen Ausblick liebte. Die Heide war ihm ein vertrauter Ort; nicht nur daß er sie unablässig für seine entomologischen und botanischen Studien durchforschte, sondern er fand dort auch, wie er sich ausdrückte, »die nötige Erholung von dem Menschenleben«.

An diesem Fenster sitzend muß ich mir ihn denken, als er jene Zeilen niederschrieb, die jetzt in seiner kleinen, aber deutlichen Handschrift vor mir liegen.

Sie lauten also:

Wie gut es sich hier in den Oktobernachmittag hinausschaut! So golden scheint noch die Sonne; doch lösen sich unter ihrem Strahle schon die
Blätter und sinken lautlos auf den feuchten Rasen; immer sichtbarer werden die nackten Äste. Von drunten aus den Holunderbüschen klang ein Drosselschlag; nach einer Weile rief es noch einmal aus der Ferne – es nimmt alles Abschied.

Die lichtgraue Dämmerung des Herbstabends hat sich verbreitet, Haus und Garten liegen schon im Schatten, hinter der Heide ist die Sonne hinabgegangen. Nur ganz fern am Himmel, dort, wohin wie Schatten jetzt die Vögel fliegen, ist noch eine leuchtende Wolkenschicht gebreitet. Sie steht über einem Lande jenseits des Horizonts, den meine Augen noch erreichen können. Aber auch dort wird bald der goldene Tag erlöschen. – –

Als ich in das Zimmer zurückblickte, lag noch ein Schimmer jenes Abendscheins auf meinem schwarzen Geigenkasten, der nun schon seit Jahren uneröffnet dort unter dem Bücherschranke steht. Die Geige, die er verbirgt, erstand ich einst aus dem Nachlasse eines früh verstorbenen Florentinischen Musikers, und erst seitdem wußte auch ich, daß ich spielen könne. Auf dem innern Rande des Kastens fand ich damals eine italienische Strophe eingeschrieben, und seltsam, da ich sie in unsere Sprache übertrug, war mir's, als hätte ich diese nun deutschen Verse einst selbst gemacht, und suchte lange, wiewohl vergebens, danach unter meinen alten Papieren. Aber sowie ich die Geige mit meinem Bogen anstrich, da sang es und schwoll es an zu einer Gewalt, die mich selbst erbeben machte. Das war nicht ich allein, der diese Töne schuf; ein geistig Erbteil war in dieser Geige, und ich war der rechte Erbe, der es mit eigener Kraft vermehrte. Nun ruht sie seit lange klanglos in ihrer schwarzen Truhe; denn schon vor Jahren hatte ich es erkannt: nur bis zu einer gewissen Grenze des Lebens fließt um unsere Nerven jener elektrische Strom, der uns über uns selbst hinausträgt und auch andere unwiderstehlich mit sich reißt.

Und nun? Und heute abend?

Ich muß vor den Spiegel treten, damit ich meine grauen Haare nicht vergesse.

316

Nein, nein! Ich will die Geige, meine klingende Seele, aus ihrem Sarge nehmen, und meine Hände sollen nicht zittern.

Eveline führte mich in den Saal. Er war noch leer, aber die Kerzen brannten schon; unter der Kristallkrone stand der geöffnete Flügel.

»Hier sollen Sie spielen!« sagte sie. »Dort auf dem Tischchen steht Ihr Geigenkasten.«

»Soll ich wirklich, Eveline?«

Sie legte, wie sie das zuweilen tat, ihre Wange in die Hand und sah mich ernsthaft an.

»Sie haben es mir doch versprochen!«

– »Und vor so hoher Gesellschaft?«

Denn in großen, ziemlich mäßigen Steindrucken, aber aus desto dickeren Goldrahmen schaute fast die ganze erste Rangklasse unseres Staatskalenders von den Wänden herab.

Sie lachte.

»Pst! Nicht spotten! Das sind Papas Penaten. Weshalb sehen Sie nicht auf meine Bilder, die bescheiden, aber tröstlich unter ihnen hängen?«

Und freilich, auch Goethe und Mozart waren, wenn auch in kleinerem Format, vertreten.

Die Gesellschaft drängte aus den anderen Zimmern in den Saal.

»Adieu!« sagte Eveline.

Sie reichte mir flüchtig die Hand, ihr dunkles Auge streifte mich; dann ging sie den Eintretenden entgegen. Ich suchte mir in der fernsten Ecke einen Platz. Der weiche, etwas müde Klang ihrer Stimme lag noch in meinem Ohr; aus ihren einfachsten Worten spricht es oft, ich weiß nicht, wie die schmerzliche Erwartung oder wie die heimliche Zusage eines Glückes. Bald aber gesellte sich mein werter Vetter, der Geheimrat, zu mir und sprach irgend etwas über Kunst; und ich besah mir indes die noch immer unter Geplauder und Komplimenten Platz nehmende Gesellschaft und verglich sie mit der, die an den Wänden hing.

Und jetzt wurde ein Akkord angeschlagen. Unser Adolf, der Musikdirektor, begann das Largo aus Beethovens D-Dur-Sonate. Und es wurde völlig still und blieb es auch; denn er versteht es, wenn die Stunde günstig ist, seinen Beethoven so eindringlich zu Gehör zu bringen, daß es schon sehr große Geister oder aber sehr große Flegel sein müssen, die dabei sich noch selber sollten hören mögen. Mit dem Einsatze der Menuett war mir sogar, als gehe ein Aufatmen des Entzückens durch den ganzen Saal. Ist doch Musik die Kunst, in der sich alle Menschen als Kinder eines Sterns erkennen sollen!

Dann führte der Musikdirektor seine jungen Scharen vor. Es waren frische, anmutige Stimmen darunter, und sie sangen ihre Tee- und Kaffeeliedchen, in denen sie sich so wohl fühlen, die wie die Sommervögel kommen und verschwinden. Sie sangen aber auch von den Liedern des neuen großen Komponisten, durch welchen Eichendorffs wunderbare Lyrik zuerst in der Musik ihren Ausdruck erhalten hat. Ahnungslos schwebten die jungen Stimmen über dem Abgrund dieser Lieder. – Ich weiß nicht, ob der Kapellmeister Johannes Kreisler davongelaufen wäre; ich saß ganz still und horchte auf den süßen, taufrischen Lerchenschlag der Jugend. Dazwischen immer behagliches Klatschen und liebkosende

Worte der älteren Herren und Damen und laute Komplimente der jungen Kavaliere. Weshalb denn auch nicht?

Und nun – ich glaube fast, daß mir die Brust beklommen war – stand ich selbst am Flügel. Eveline hatte die Geige schweigend vor mich hingelegt und war dann ebenso zurückgetreten. Spohrs neuntes Konzert lag aufgeschlagen. Adolf sah mich an: »Nun, wollen wir?«

Wir kannten uns. Vor Jahren hatte mancher Abend, manche Nacht uns so vereint gesehen. Schon lag mein Bogen an den Saiten; ein paar Akkorde noch des Flügels, und sicher und kristallhell flog der erste Ton durch den Saal.

Und meine Geige sang, oder eigentlich war es meine Seele. Sie sang wie einst der Neck am Wasserfall, von dem die Kinder sagten, daß er keine Seele habe. – Du weißt es, meine Muse, denn du standest mir gegenüber neben dem Bilde deines Lieblings, des Jünglings Goethe, die schönen Hände in deinem Schoß gefaltet. Deine Augen waren hingegeben offen, und ich trank aus ihnen die entzückende Götterkraft der Jugend. Und die Wände des Gemaches schwanden und der rauschende Wasserfall stand, und alle die jungen Vögel, die eben noch so laut geschlagen hatten, verstummten lauschend. Ich war eins mit dir, schöne jugendliche Göttin, hoch oben stand ich herrschend; ich fühlte, wie die Funken unter meinem Bogen sprühten; und lange, lange hielt ich sie alle in atemlosem Bann.

Wir waren zu Ende. Adolf nahm die Hände vom Klavier, sah zu mir auf und nickte leise.

Und da ich den Bogen fortgelegt hatte, blickten die Jungen auf mich, halb scheu, mit erstaunten großen Augen, als hätten sie plötzlich entdeckt, ich sei noch einer von den Ihren, den sie nicht erkannt, der nun plötzlich die Maske des Alters fortgeworfen habe.

Erst als Adolf seinen Stuhl rückte und aufstand, wurde die Stille unterbrochen und die Gesellschaft drängte sich zu uns. Nur ich wußte, daß plötzlich Evelinens Hand in meiner lag. Oder war es die Hand meiner Muse, die noch einmal flüchtig mich berührte?

Sie haben dich gescholten, Eveline.

Und wenn ihr wahr gesprochen hättet – laßt sie mir! Auch die Natur, von welcher, gleich der Rose, sie nur ein Teil ist vermag uns nichts zu geben, als was wir selber ihr entgegenbringen. Vielleicht gelangt der Mensch überall nicht weiter und wir sterben einsam, wie wir einsam geboren wurden. Und dennoch, was wäre das Leben, wenn es keine Rosen gäbe?

Weißt du, daß es Vorgesichte gibt? – Mitunter, als könne sie nicht warten, bis auch ihre Zeit gekommen ist, wirft die Zukunft ihr Scheinbild in die Gegenwart. – Du ahntest nichts davon, aber ich habe es gesehen; es war mitten im kerzenhellen Saale. Du hattest getanzt und lehntest atmend in der Sofaecke; da sah ich dein Antlitz sich verwandeln, deine Züge wurden scharf, deine Wangen schlaff und fahl. Schon streckte meine Hand sich aus, um leis die Rose aus deinem Haar zu nehmen; denn sie saß dort wie ein Hohn für dein armes Angesicht. Aber es verschwand, da ich fest dich anblickte; du lächeltest, du warst wieder nicht älter als deine achtzehn Jahre. Unmächtig wich das Gespenst zurück; nur ich sah es noch immer wie eine verhüllte Drohung in der Ferne stehen.

O Eveline! Der Strom der Schönheit ergießt sich ewig durch die Welt, aber auch du bist nur ein Wellenblinken, das aufleuchtet und erlischt; und alle Zukunft wird einst Gegenwart.

> Im eigenen Herzen geboren,
> Nie besessen,
> Dennoch verloren.

Wie seltsam, diese Worte auf meinem Geigenkasten!
Auch das ist nun vorüber. –

Hier scheinen in den Aufzeichnungen des Vetters ein oder mehrere Blätter zu fehlen; denn das Folgende, womit dort ein neues Blatt beginnt, ist augenscheinlich nur der Schluß eines längeren Aufsatzes.

– – »Aber ein Hauch der ewigen Jugend, die in mir ist, hat doch dein Herz berührt; mögen noch so übermütig deine jungen Lippen zucken. Einst, wenn auch du zu den Schatten gehörst, deren Mund vergebens nach dem Kelche dürstet, aus dem vor ihren Augen die Jugend in vollen Zügen trinkt, wird die Erinnerung an mich dich jäh überfallen; vielleicht am stillen Abend, wenn du hinter abgeheimsten Stoppeln die Sonne sinken siehst, vielleicht – auch das ist möglich – erst in den Schauern des Todes, in jenem letzten Augenblicke, wo alle Erdengeister dich verlassen. – Und nun geh, Eveline; denn jetzt sind sie alle noch in deinem Dienst!«

Ihre Hand zitterte, die, wie ich jetzt erst fühlte, in der meinen lag. Aber sie zog sie schweigend zurück, und ging.

»Gute Nacht, Eveline!«

Du aber, o Muse des Gesanges, verlasse du mich noch nicht! Laß mich mein Haupt an deine Schulter lehnen, denn ich bin müde, müde wie ein gehetztes Wild; und sollte ich heimlich bluten, so lege du die Hand auf meine Wunde! –

Hier enden diese Aufzeichnungen. Kein Band, keine Locke, keine Blume liegt bei den vergilbten Blättern.

Wer war jene Eveline, welche dies alternde Herz noch einmal so tief zu erschüttern vermochte? – Ich kenne keine ihres Namens. Requiescat! Requiescat!

In St. Jürgen

Es ist nur ein schmuckloses Städtchen, meine Vaterstadt; sie liegt in einer baumlosen Küstenebene, und ihre Häuser sind alt und finster. Dennoch habe ich sie immer für einen angenehmen Ort gehalten, und zwei den Menschen heilige Vögel scheinen diese Meinung zu teilen. Bei hoher Sommerluft schweben fortwährend Störche über der Stadt, die ihre Nester unten auf den Dächern haben; und wenn im April die ersten Lüfte aus dem Süden wehen, so bringen sie gewiß die Schwalben mit, und ein Nachbar sagt's dem andern, daß sie gekommen sind. – So ist es eben jetzt. Unter meinem Fenster im Garten blühen die ersten Veilchen, und drüben auf der Planke sitzt auch schon die Schwalbe und zwitschert ihr altes Lied:

> Als ich Abschied nahm, als ich Abschied nahm;

und je länger sie singt, je mehr gedenke ich einer längst Verstorbenen, der ich für manche gute Stunde meiner Jugend zu danken habe.

Meine Gedanken gehen die lange Straße hinauf bis zum äußersten Ende, wo das St.-Jürgens-Stift liegt; denn auch unsere Stadt hat ein solches, wie im Norden die meisten Städte von einiger Bedeutung. Das jetzige Haus ist im sechzehnten Jahrhundert von einem unserer Herzöge erbaut und durch den Wohltätigkeitssinn der Bürger allmählich zu einem gewissen Reichtum gediehen, so daß es nun für alte Menschen, die nach der Not des Lebens noch vor der ewigen Ruhe den Frieden suchen, einen gar behaglichen Aufenthaltsort bildet.– Mit der einen Seite streckt es sich an dem St.-Jürgens-Kirchhof entlang, unter dessen mächtigen Linden schon die ersten Reformatoren gepredigt haben; die andere liegt nach dem innern Hofe und einem angrenzenden schmalen Gärtchen, aus dem in meiner Jugendzeit die Pfründnerinnen sich ihr Sträußchen zum sonntäglichen Gottesdienste pflückten. Unter zwei schweren gotischen Giebeln führt ein dunkler Torweg von der Straße her in diesen Hof, von welchem aus man durch eine Reihe von Türen in das Innere des Hauses, zu der geräumigen Kapelle und zu den Zellen der Stiftsleute gelangt.

Durch jenes Tor bin ich als Knabe oft gegangen; denn seitdem, lange vor meiner Erinnerung, die große St.-Marien-Kirche wegen Baufälligkeit abgebrochen war, wurde der allgemeine Gottesdienst viele Jahre hindurch in der Kapelle des St.-Jürgens-Stiftes gehalten.

Wie oft zur Sommerzeit, ehe ich in die Kapellentür trat, bin ich in der Stille des Sonntagsmorgens zögernd auf dem sonnigen Hofe stehengeblieben, den von dem nebenliegenden Gärtchen her, je nach der Jahreszeit, Goldlack-, Nelken- oder Resedaduft erfüllte. – Aber dies war nicht das einzige, weshalb mir derzeit der Kirchgang so lieblich schien; denn oftmals, besonders wenn ich ein Stündchen früher auf den Beinen war, ging ich weiter in den Hof hinab und lugte nach einem von der Morgensonne beleuchteten Fensterchen im obern Stock, an dessen einer Seite zwei Schwalben sich ihr Nest gebaut hatten. Der eine Fensterflügel stand meistens offen; und wenn meine Schritte auf dem Steinpflaster laut wurden, so bog sich wohl ein Frauenkopf mit grauem glattgescheiteltem Haar unter einem schneeweißen Häubchen daraus hervor und nickte freundlich zu mir herab. »Guten Morgen, Hansen«, rief ich dann; denn nur bei diesem, ihrem Familiennamen, nannten wir Kinder unsere alte Freundin; wir wußten kaum, daß sie auch noch den wohlklingenden Namen »Agnes« führte, der einst, da ihre blauen Augen noch jung und das jetzt graue Haar noch blond gewesen, gar wohl zu ihr gepaßt haben mochte. Sie hatte viele Jahre bei der Großmutter gedient und dann, ich mochte damals in meinem zwölften Jahre sein, als die Tochter eines Bürgers, der der Stadt Lasten getragen, im Stifte Aufnahme gefunden. Seitdem war eigentlich für uns aus dem großmütterlichen Hause die Hauptperson verschwunden; denn Hansen wußte uns allezeit, und ohne daß wir es merkten, in behagliche Tätigkeit zu setzen; meiner Schwester schnitt sie die Muster zu neuen Puppenkleidern, während ich mit dem Bleistift in der Hand nach ihrer Angabe allerlei künstliche Prendelschrift anfertigen oder auch wohl ein jetzt selten gewordenes Bild der alten Kirche nachzeichnen mußte, das in ihrem Besitze war. Nur eines ist mir später in diesem Verkehr aufgefallen; niemals hat sie uns ein Märchen oder eine Sage erzählt, an welchen beiden doch unsere Gegend so reich ist; sie schien es vielmehr als etwas Unnützes oder gar Schädliches zu unterdrücken, wenn ein anderer von solchen Dingen anheben wollte. Und doch war sie nichts weniger als eine kalte oder phantasielose Natur. – Dagegen hatte sie an allem Tierleben ihre Freude; besonders liebte sie die Schwalben und wußte ihren Nesterbau erfolgreich gegen den Kehrbesen der Großmutter zu verteidigen, deren fast holländische Sauberkeit sich nicht wohl mit den kleinen Eindringlingen vertragen konnte. Auch schien sie das Wesen dieser Vögel genauer beobachtet zu haben. So entsinne ich mich, daß ich ihr einst eine Turmschwalbe brachte, die ich wie leblos auf dem Steinpflaster des Hofes gefunden hatte. »Das schöne Tier wird sterben«, sagte ich, indem ich traurig das glänzende braunschwarze Gefieder streichelte; aber Hansen schüttelte den Kopf. »Die?« sagte sie, »das ist die Königin der Luft; ihr fehlt nichts als der freie Himmel! Die Angst vor einem Habicht wird sie zu Boden geworfen haben; da hat sie mit den langen Schwingen sich nicht helfen können.« Dann gingen wir in den Garten; ich mit der Schwalbe, die ruhig in meiner Hand lag, mich mit den großen braunen Augen ansehend. »Nun wirf sie in die Luft!« rief Hansen. Und staunend sah ich, wie, von meiner Hand geworfen, der scheinbar leblose Vogel gedankenschnell seine Schwingen ausbreitete und mit hellem Zwitscherlaut wie ein befiederter Pfeil in dem sonnigen Himmelsraum dahinschoß. »Vom Turm aus«, sagte Hansen, »solltest du sie fliegen sehen; das heißt von dem Turm der alten Kirche, der noch ein Turm zu nennen war.«

Dann, mit einem Seufzer meine Wangen streichelnd, ging sie ins Haus zurück an die gewohnte Arbeit. ›Weshalb seufzt denn Hansen so?‹ dachte ich. – Die Antwort auf diese Frage erhielt ich erst viele Jahre später, aus einem mir damals gänzlich fremden Munde.

Nun war sie in den Ruhestand versetzt, aber ihre Schwalben hatten sie zu finden gewußt, und auch wir Kinder wußten sie zu finden. Wenn ich am Sonntagmorgen vor der Kirchzeit in das saubere Stübchen der alten Jungfrau trat, pflegte sie schon im feiertäglichen Anzuge vor ihrem Gesangbuche zu sitzen. Wollte ich dann neben ihr auf dem kleinen Kanapee Platz nehmen, so sagte sie wohl: »Ei was, da siehst du ja die Schwalben nicht!« Dann räumte sie einen Geranien- oder einen Nelkenstock von der Fensterbank und ließ mich in der tiefen Fensternische auf ihrem Lehnstuhl niedersitzen. »Aber so fechten mit den Armen darfst du nicht«, fügte sie dann lächelnd hinzu; »so junge muntere Gesellen sehen sie nicht alle Tage!« Und dann saß ich ruhig und sah, wie die schlanken Vögel im Sonnenscheine ab und zu flogen, ihr Nest bauten oder ihre Jungen fütterten, während Hansen mir gegenüber von der Herrlichkeit der alten Zeit erzählte; von den Festen im Hause meines Urgroßvaters, von den Aufzügen der alten Schützengilde oder – und das war ihr Lieblingsthema – von der Bilder- und Altarpracht der alten Kirche, in der sie selbst noch zur Enkelin des letzten Türmers Gevatter gestanden hatte; bis dann endlich von der Kapelle her der erste Orgelton zu uns herüberbrauste. Dann stand sie auf, und wir gingen miteinander durch einen schmalen endlosen Korridor, welcher nur durch die verhangenen Türfensterchen der zu beiden Seiten liegenden Zellen ein karges Dämmerlicht empfing. Hier und dort öffnete sich eine dieser Türen; und in dem Schein, der einige Augenblicke die Dunkelheit unterbrach, sah ich alte, seltsam gekleidete Männer und Frauen auf den Gang hinausschlurfen, von denen die meisten wohl schon vor meiner Geburt aus dem Leben der Stadt entschwunden waren. Gern hätte ich dann dies oder jenes gefragt; aber auf dem Wege zur Kirche hatte ich von Hansen keine Antwort zu erwarten; und so gingen wir denn schweigend weiter, am Ende des Ganges Hansen mit der alten Gesellschaft auf einer Hintertreppe nach unten zu den Plätzen der Stiftsleute, ich oben auf das Chor, wo ich träumend dem sich drehenden Glockenspiel der Orgel zusah und, wenn unser Propst die Kanzel bestiegen hatte, – ich will es gestehen – seine gewiß wohlgesetzte Predigt meist nur wie ein eintöniges Wellengeräusch und wie aus weiter Ferne an mein Ohr dringen fühlte; denn unter mir, gegenüber, hing das lebensgroße Porträt eines alten Predigers mit langen schwarzkrausen Haaren und seltsam geschorenem Schnurrbart, das bald meine ganze Aufmerksamkeit in Anspruch zu nehmen pflegte. Mit den melancholischen schwarzen Augen blickte es so recht wie aus der dumpfen Welt des Wunder- und Hexenglaubens in die neue Zeit hinauf und erzählte mir weiter von der Stadt Vergangenheit, wie es in den Chroniken zu lesen stand, bis hinab zu dem bösen Stegreifjunker, dessen letzte Untat einst das Epitaphium des Ermordeten in der alten Kirche berichtet hatte. – Freilich, wenn dann plötzlich die Orgel das »Unsern Ausgang segne Gott« einsetzte, so schlich ich mich meist verstohlen wieder ins Freie; denn es war kein Spaß, dem Examen meiner alten Freundin über die gehörte Predigt standhalten zu müssen.

Von ihrer eigenen Vergangenheit pflegte Hansen nicht zu erzählen; ich war schon ein paar Jahre lang Student gewesen, als ich bei einem Ferienbesuch in der Heimat darüber zum ersten Mal etwas von ihr erfuhr.

Es war im April, an ihrem fünfundsechzigsten Geburtstage. Wie in früheren Jahren, so hatte ich ihr auch heute die beiden hergebrachten Dukaten von der Großmutter und einige kleine Geschenke von uns Geschwistern überbracht und war von ihr mit einem Gläschen Malaga bewirtet worden, den sie für solche Tage in ihrem Wandschränkchen aufbewahrte. Nachdem wir ein Weilchen geplaudert hatten, bat ich sie, mir heute, wie ich schon lange gewünscht, den Festsaal zu zeigen, in dem seit Jahrhunderten die Vorsteher der Stiftung nach der jährlichen Rechnungsablage ihre Schmäuse zu feiern pflegten. Hansen willigte ein, und wir gingen miteinander den dunkeln Korridor entlang; denn der Saal lag jenseits der Kapelle am andern Ende des Hauses. Als ich beim Hinabsteigen der Hintertreppe ausglitt und die letzten Stufen hinabstolperte, wurde unten auf dem Flur eine Tür aufgerissen, und der unheimliche nackte Kopf eines neunzigjährigen Mannes reckte sich daraus hervor. Er murmelte ein paar halbverständliche Scheltworte und stierte uns dann, bis wir durch die Tür der Kapelle traten, mit den verglasten Augen nach.

Ich kannte ihn wohl; die Stiftsleute hießen ihn den »Spökenkieker«; denn sie behaupteten, er könne »was sehen«.

»Die Augen könnten einen fürchten machen«, sagte ich zu Hansen, als wir durch die Kapelle gingen.

Sie meinte: »Er sieht dich gar nicht; er sieht nur noch rückwärts in sein eignes törichtes und sündhaftes Leben.«

»Aber«, erwiderte ich scherzend, »er sieht doch dort in der Ecke die offenen Särge stehen, während, die darin liegen, noch lebend unter euch umherwandern.«

»Das sind auch nur Schatten, mein Kind; er tut nichts Arges mehr. Freilich«, setzte sie hinzu, »ins Stift gehörte er nicht und hat auch nur auf eine der Freistellen des Amtmanns hineinschlüpfen können; denn wir andern müssen unsere bürgerliche Reputation nachweisen, ehe wir hier angenommen werden.«

Wir hatten inzwischen den Schlüssel bei der Wirtschafterin abgelangt und stiegen nun die Treppe zu dem Festsaal hinauf. – Es war nur ein mäßig großes, niedriges Gemach, das wir betraten. An der einen Wand sah man eine altertümliche Stutzuhr aus dem Nachlaß einer hier Verstorbenen, an der gegenüberstehenden hing das lebensgroße Bild eines Mannes in einfachem rotem Wams; sonst war das Zimmer ohne Schmuck. »Das ist der gute Herzog, der das Stift gebaut hat«, sagte Hansen; »aber die Menschen genießen seine Gaben und denken nicht mehr an ihn, wie er es doch bei seiner Lebzeit wohl gewünscht hat.«

»Aber du gedenkst ja seiner, Hansen.«

Sie sah mich mit ihren sanften Augen an. »Ja, mein Kind«, sagte sie, »das liegt so in meiner Natur; ich kann nur schwer vergessen.«

Die Wände nach der Straße und nach dem Kirchhofe hatten eine Reihe Fenster mit kleinen in Blei gefaßten Scheiben; und in jeder fast war ein Name, meist aus mir bekannten angesehenen Bürgerfamilien, mit schwarzer Farbe eingebrannt; darunter: »Speisemeister dahier Anno –«, und dann folgte die betreffende Jahreszahl.

»Siehst du, das ist dein Urgroßvater«, sagte Hansen, indem sie auf eine dieser Scheiben wies; »den vergesse ich auch nicht; mein Vater hat bei ihm die Handlung gelernt und später oft Rat und Tat bei ihm geholt; leider, in der schwersten Zeit, da hatte er schon seine Augen zugetan.«

Ich las einen andern Namen: »Liborius Michael Hansen, Speisemeister Anno 1799.«

»Das war mein Vater!« sagte Hansen.

»Dein Vater? Wie kam es denn eigentlich – –?«

»Daß ich mein halbes Leben gedient habe, meinst du, während ich doch zu den Honoratiorentöchtern gehörte?«

»Ich meine, was war es eigentlich wodurch das Unglück über deine Familie kam?«

Hansen hatte sich auf einen der alten Lederstühle gesetzt. »Das war nichts Besonderes, mein Kind«, sagte sie; »es war Anno sieben, zur Zeit der Kontinentalsperre; damals florierten die Spitzbuben, und die ehrlichen Leute gingen zugrunde. Und ein ehrlicher Mann war mein Vater! – Er hat den Namen auch mit ins Grab genommen«, fuhr sie nach einem kurzen Schweigen fort. »Ich sehe es noch, wie er mir einst, da wir miteinander durch die Krämerstraße gingen, ein altes, nun längst verschwundenes Haus zeigte. ›Merke dir das‹, sagte er zu mir, ›hier wohnte Anno 1549, da am Sonntage Jubilate die große Feuersbrunst ausbrach, der fromme Kaufmann Meinke Graveley. Da die Flammen heranbrausten, sprang er mit Elle und Waage auf die Gasse und flehte zu Gott, wenn er je mit Wissen und Willen seinen Nächsten um eines Körnleins Wert geschädiget, so möge sein Haus nicht verschont bleiben. Aber die Flamme sprang darüber hin, während alles rings in Asche fiel.

Siehst du, mein Kind‹, setzte mein Vater hinzu, indem er seine Hände in die Höhe hob, ›das könnte auch ich tun; und auch über unser Haus würde die Strafe des Herrn hinweggehen.‹« – Hansen sah mich an. »Der Mensch soll sich nicht rühmen«, sagte sie dann. »Du bist nun alt genug, daß ich dir es wohl erzählen mag; du mußt doch von mir wissen, wenn ich nicht mehr bin. – Mein guter Vater hatte eine Schwäche; er war abergläubig. Diese Schwäche brachte ihn dahin, daß er in den Tagen der äußersten Not etwas beging, das ihm bald das Herz brach; denn er konnte seitdem die Geschichte von dem frommen Kaufmann nicht mehr erzählen.

In dem Hause neben uns wohnte ein Tischlermeister. Als er mit seiner Frau frühzeitig verstarb, wurde mein Vater der Vormund seines nachgelassenen Sohnes. Harre – diesen friesischen Namen führte der Knabe – las gern in den Büchern und war auch schon in der Tertia unserer Lateinischen Schule; aber die Mittel reichten doch nicht zum Studieren; und so blieb er denn bei dem Handwerk seines Vaters. Als er später Geselle wurde und nach zweijähriger Wanderung wieder eine Zeitlang bei einem Meister gearbeitet hatte, wurde es auch bald bekannt, daß er zu den feineren Arbeiten in seinem Fach ein besonderes Geschick habe. Wir beide waren miteinander aufgewachsen; als er noch in der Lehre war, las er mir oft aus den Büchern vor, die er sich von seinen früheren Schulkameraden geliehen hatte. Du weißt, wir wohnten am Markt in dem Erkerhause dem Rathause gegenüber; da steht noch jetzt ein mächtiger Buchsbaum im Garten. Wie oft haben wir mit unserem Buche unter diesem Baum gesessen, während über uns die Bienen in den kleinen grünen Blüten summten! – Nach seiner Rückkehr war das nicht anders geworden, er kam oft in unser Haus; mit einem Wort, mein lieber Junge, wir beiden hatten uns gern und suchten das auch nicht zu verbergen.

Meine Mutter lebte nicht mehr; was mein Vater dazu dachte und ob er überhaupt etwas darüber gedacht, das hab ich nie erfahren. Auch kam es nicht so weit, daß es ein rechtes Verlöbnis wurde.

Eines Morgens in den ersten Frühlingstagen war ich in unsern Garten gegangen; die Krokus und die roten Leberblumen schickten sich schon an zu blühen, es war alles ringsumher so jung und frisch; aber mir selbst war schwer zu Sinne; die Sorgen meines Vaters drückten auch mich. Obwohl er niemals über seine Angelegenheiten zu mir geredet, so fühlte ich doch, daß es immer schneller abwärts ging. In den letzten Monaten hatte ich den Stadtdiener oft und öfter in die Schreibstube gehen sehen; war er fort, so verschloß mein Vater sich stundenlang; und von manchem Mittagessen stand er auf, ohne die Speisen berührt zu haben. In der letzten Woche hatte er einen ganzen Abend damit zugebracht, sich die Karten zu legen; auf meine wie im Scherz hingeworfene Frage, worüber er denn Auskunft von seinem Orakel erwarte, hatte er mich stumm mit der Hand zurückgewiesen und war dann später mit einem kurzen ›Gute Nacht‹ in seine Kammer gegangen.

Das alles lag mir auf dem Herzen; und meine Augen, die nach innen sahen, wußten nichts von dem klaren Sonnenschein, der draußen die ganze Welt verklärte. Da hörte ich unten von der Marsch herauf die Lerchen singen; und du weißt es ja wohl, mein Kind, in der Jugend ist das Herz noch so leicht, der kleinste Vogel trägt es mit empor. Mir war plötzlich, als sähe ich über allen Dunst der Sorge hinweg in eine sonnige Zukunft; als brauchte ich nur den Fuß hineinzusetzen. Ich weiß noch, wie ich an den Beeten hinkniete und mit welcher Freude ich nun die Knospen und das junge Grün betrachtete, das überall aus dem Schoß der Erde hervortrieb. Ich dachte auch an Harre und zuletzt, glaub ich, nur an ihn. Indem hörte ich die Gartentür aufklinken, und wie ich aufsah, kam er selber mir entgegen.

Ob auch ihn die Lerche froh gemacht hatte – er sah aus wie die Hoffnung selbst. ›Guten Morgen, Agnes‹, rief er, ›weiß du was Neues –?‹

›Ist's denn was Gutes, Harre?‹

›Versteht sich, was sollt es sonst wohl sein! Ich will Meister werden und das in allernächster Zeit.‹

Kannst du wohl denken, daß ich ordentlich erschrak! Denn ich dachte doch gleich: ›Mein Gott, nun braucht er auch die Frau Meisterin!‹

Ich mag wohl ganz verdutzt ausgesehen haben; denn Harre fragte mich: ›Fehlt dir etwas, Agnes?‹

›Mir, Harre? Ich glaube nicht‹, sagte ich. ›Der Wind wehte so kühl über mich hin.‹ – Das war nun wohl gelogen; allein der liebe Gott hat es nun einmal so eingerichtet, daß wir in solchem Fall nicht sagen können, was der andere eben hören will.

›Aber mir fehlt nun etwas‹, sagte Harre, ›das Allerbeste fehlt mir!‹

Ich antwortete nichts hierauf, kein Wörtlein. Auch Harren ging eine Weile schweigend neben mir; dann fragte er auf einmal: ›Was meinst du, Agnes, ob es wohl schon geschehen ist, daß eine Krämerstochter einen Tischlermeister geheiratet hat?‹

Als ich aufsah und er mich mit seinen guten braunen Augen so bittend anblickte, da gab ich ihm die Hand und sagte ebenso: ›Das wird wohl nun zum erstenmal geschehen.‹

›Agnes‹, rief Harre, ›was werden die Leute sagen!‹

›Ich weiß nicht, Harre. – Aber wenn nun die Krämerstochter arm wäre?‹

›Arm, Agnes?‹ und er faßte mich so recht lustig bei beiden Händen; ›ist denn jung und hübsch noch nicht genug?‹ –

Es war ein glücklicher Tag damals; die Frühlingssonne schien, wir gingen Hand in Hand; und während wir schwiegen, sangen über uns die Lerchen aus tausend hellen Kehlen. So waren wir unmerklich an den Brunnen gekommen, der an der Holunderwand des Gartens dem Hause gegenüber lag. Ich blickte über die Brettereinfassung in die Tiefe hinab. ›Wie drunten das Wasser glitzert!‹ sagte ich.

Das Glück macht mutwillig; Harre wollte mich necken. ›Das Wasser?‹ sagte er. ›Das ist das Gold, das aus der Tiefe funkelt.‹

Ich wußte nicht, was er damit meinte.

›Weißt du denn nicht, daß ein Schatz in eurem Brunnen liegt?‹ fuhr er fort. ›Guck nur genau zu; es sitzt ein graues Männlein mit dreieckigem Hut auf dem Grunde. Vielleicht ist's auch nur das brennende Licht in seiner Hand, das drunten so seltsam glitzert; denn er ist der Hüter des Schatzes.‹

Mir flog die Not meines Vaters durch den Sinn. Harre hob einen Stein auf und warf ihn hinab, und es dauerte eine Weile, ehe ein dumpfer Schall zu uns zurückkam. ›Hörst du, Agnes?‹ sagte er, ›das traf auf die Kiste.‹

›Harre, red vernünftig!‹ rief ich, ›was treibst du für Narrenspossen!‹

›Ich spreche nur nach, was die Leute vorsprechen!‹ erwiderte er.

Aber meine Neugierde war geweckt, vielleicht auch die Begierde nach den unterirdischen Reichtümern, die aller Not ein Ende machen konnten.

›Woher hast du das Gerede?‹ fragte ich nochmals, ›ich habe doch nie davon gehört.‹

Harre sah mich lachend an: ›Was weiß ich! von Hans oder Kunz, ich glaub, am letzten Ende kommt es von dem Halunken, dem Goldmacher.‹

›Von dem Goldmacher?‹ – Mir kamen allerlei Gedanken. Der Gold-
macher war ein herabgekommener Trödler; er konnte segnen und raten, Menschen und Vieh besprechen und alle die andern Geheimnisse, womit derzeit noch bei den Leichtgläubigen ein einträgliches Geschäft zu machen war. Es ist derselbe, den sie jetzt den Spökenkieker nennen, welchen Namen er grade so gut wie seinen damaligen verdient hat. Er war in den letzten Tagen, da ich eben auf der Außendiele zu tun hatte, ein paarmal in meines Vaters Schreibstube gegangen und hatte sich dann,

ohne auf sein demütig gesprochenes ›Herr Hansen bei der Hand?‹ meine Antwort abzuwarten, mit scheuem Blick an mir vorbeigeschoben. Einmal war er fast eine Stunde drinnen gewesen; kurz vor seinem Fortgehen hatte ich das mir wohlbekannte Pult meines Vaters aufschließen hören; dann war mir gewesen, als vernehme ich das Klirren von Geldstücken. Das alles kam mir jetzt in den Sinn.

Aber Harre rüttelte mich auf. ›Agnes, träumst du?‹ rief er; ›oder willst du Schätze graben?‹ Ach, er kannte nicht die Not meines Vaters; ihm lag nur die eigene Zukunft in Gedanken, in die auch ich hineingehörte. Er ergriff meine beiden Hände und rief fröhlich: ›Wir brauchen keine Schätze, Agnes; mein kleines Erbteil hat dein Vater schon für mich erhoben; das reicht hin, um Haus und Werkstatt einzurichten. Und für das Weitere‹, fügte er lächelnd hinzu, ›laß diese nicht ganz ungeschickten Hände sorgen!‹

Ich vermochte seine hoffnungsreichen Worte nicht zu erwidern; der Schatz und der Goldmacher lagen mir im Sinn; ich weiß nicht, war es eine tollkühne Hoffnung oder der Schatten eines drohenden Unheils, was mir die Brust beklemmte. Vielleicht ahnte es mir, daß kurz darauf der Schatz meines ganzen Lebens in diesen Brunnen fallen würde.

Am andern Tage war ich nach einem benachbarten Dorfe hinausgefahren, wo die uns verwandte Predigerfrau sich wegen Erkrankung eines Kindes meine Hülfe erbeten hatte. Aber ich hatte keine Ruhe dort; mein Vater war in den letzten Tagen so still und doch wieder so unruhig gewesen; ich hatte ihn im Garten auf und ab rennen, dann wieder am Brunnen stehen und in die Tiefe hinabstarren sehen; mir wurde angst, 232 er könne sich ein Leides antun. Am dritten Tage glaubte ich mich zu entsinnen, daß er mich auf eine seltsam hastige Weise zu der Reise hingedrängt hatte; je mehr es gegen die Nacht ging, je beklommener wurde mir. Da gegen zehn Uhr der Mond aufging, so bat ich meinen Vetter, mich noch heute zur Stadt fahren zu lassen. Und so geschah es; nachdem er mir vergebens meine Unruhe auszureden gesucht hatte, wurde angespannt; und als es Mitternacht vom Turme schlug, hielt der Wagen vor unserm Hause. Es schien alles zu schlafen; erst als ich eine Zeitlang geklopft hatte, wurde drinnen die Kette abgehakt, und der Lehrling, der seine Kammer unten auf dem Flur hatte, öffnete die Haustür. Es war alles, wie es immer gewesen. ›Ist der Herr zu Haus?‹ fragte ich.

›Der Herr ist schon um zehn Uhr schlafen gegangen‹, war die Antwort.

Ich stieg leichteren Herzens nach meiner Kammer hinauf, deren Fenster nach dem Garten lagen. – Die Nacht draußen war so hell, daß ich, ohne Licht zu machen, noch einmal ans Fenster trat. Der Mond stand über der Holunderwand, deren noch unbelaubte Zweige sich scharf gegen den Nachthimmel abzeichneten; und meine Gedanken gingen mit meinen Augen über diese Erde hinaus zu dem großen liebreichen Gott, dem ich all meine Sorgen anvertraute. – Da, wie ich eben in das Zimmer zurücktreten wollte, sah ich plötzlich aus der Röhre des Brunnens, welcher dort im Schatten lag, eine rote Glut emporlodern; ich sah die am Rande wuchernden Grasbüschel und dann darüberher die Zweige des Gebüsches wie in goldenem Feuer schimmern. Mich überfiel eine abergläubische Furcht; denn ich dachte an die Kerze des grauen Männleins, das drunten auf dem Grunde hocken sollte. Als ich aber schärfer hinblickte, bemerkte ich eine Leiter an der Brunnenwand, von der jedoch nur das oberste Ende von hier aus sichtbar war. Im selben Augenblicke hörte ich einen Schrei aus der Tiefe; dann ein Gepolter; und ein dumpfes Getöse von Menschenstimmen scholl herauf. Mit einem Male erlosch die Helligkeit; und ich hörte deutlich, wie es sprossenweise an der Leiter emporklomm.

Die Gespensterfurcht verließ mich; aber statt dessen beschlich mich eine unklare Angst um meinen Vater. Mit zitternden Knien ging ich nach seiner Schlafkammer, die neben der meinen lag. Als ich behutsam die Gardine von seinem Bette zurückzog, da beschien der Mond die leeren Kissen; sein armer Kopf hatte wohl schon längst nicht mehr die Ruhe darauf gefunden; jetzt waren sie gänzlich unberührt. In Todesangst lief ich die Treppe hinab nach der Hoftür; aber sie war verschlossen und der Schlüssel abgezogen. Ich ging in die Küche und zündete Licht an; dann nach der Schreibstube, die ebenfalls ihre Fenster nach dem Garten hatte. Eine Zeitlang stand ich ratlos am Fenster und starrte hinaus; ich hörte Tritte zwischen den Holunderbüschen, aber ich konnte nichts unterscheiden; denn die dahinterstehende Planke verbreitete trotz des Mondscheins tiefen Schatten. Da hörte ich draußen die Hoftür aufschließen, und bald darauf wurde auch die Stubentür geöffnet. Mein Vater trat herein. – Ich bin so alt geworden, aber ich habe es nicht vergessen; sein langes graues Haar triefte von Wasser oder Schweiß; seine Kleider, die er sonst so peinlich sauber hielt, waren überall mit grünem Schlamm besudelt.

Er fuhr sichtbar zusammen, als er mich erblickte. ›Was ist das! Wie kommst du hieher?‹ sagte er hart.

›Der Vetter ließ mich herfahren, Vater!‹

›Um Mitternacht? – Das hätte er können bleibenlassen.‹

Ich sah meinen Vater an; er hatte die Augen niedergeschlagen und stand unbeweglich. ›Es ließ mir keine Ruhe‹, sagte ich, ›Mir war, ich sei hier nötig, als müsse ich zu dir.‹

Der alte Mann ließ sich auf einen Stuhl sinken und bedeckte sein Gesicht mit beiden Händen. ›Geh in deine Kammer‹, murmelte er; ›ich will allein sein.‹

Aber ich ging nicht. ›Laß mich bei dir bleiben‹, sagte ich leise. Mein Vater hörte nicht auf mich; er erhob den Kopf und schien nach draußen hinzuhorchen. Plötzlich sprang er auf. ›Still!‹ rief er, ›hörst du's?‹ und sah mich mit weit offenen Augen an.

Ich war ans Fenster getreten und sah hinaus. Es war alles tot und stille; nur die Holunderzweige schlugen, vom Nachtwinde bewegt, gegeneinander. ›Ich höre nichts!‹ sagte ich.

Mein Vater stand noch immer, als höre er auf etwas, das ihn mit Entsetzen erfüllte. ›Ich meinte, es sei keine Sünde‹, sprach er vor sich hin; ›es ist kein gottloses Wesen dabei, und der Brunnen steht, bis jetzt wenigstens, auf meinem Grund.‹ Dann wandte er sich zu mir. ›Ich weiß, du glaubst nicht daran, mein Kind‹, sagte er, ›aber es ist dennoch gewiß; die Rute hat dreimal geschlagen, und die Nachrichten, die ich nur zu teuer habe bezahlen müssen, stimmen alle überein; es liegt ein Schatz in unserm Brunnen, der zur Schwedenzeit darin vergraben ist. Warum sollte ich ihn nicht heben! – Wir haben die Quelle abgedämmt und das Wasser ausgeschöpft, und heute nacht haben wir gegraben.‹

›Wir?‹ fragte ich. ›Von welchem andern sprichst du?‹

›Es ist nur einer in der Stadt, der das versteht.‹

›Du meinst doch nicht den Goldmacher? Das ist kein guter Helfer!‹

›Es ist nichts Gottloses mit dem Rutenschlagen, mein Kind.‹

›Aber die es treiben, sind Betrüger.‹ – –

Mein Vater hatte sich wieder auf den Stuhl gesetzt und sah wie zweifelnd vor sich hin. Dann schüttelte er den Kopf und sagte: ›Der Spaten klang schon darauf; aber da geschah etwas‹; – und sich unterbrechend, fuhr er fort: ›Vor achtzehn Jahren starb deine Mutter; als sie es inne wurde, daß sie uns verlassen müsse, brach sie in ein bitteres Weinen aus, das kein Ende nehmen wollte, bis sie in ihren Todesschlaf verfiel.

Das waren die letzten Laute, die ich aus deiner Mutter Mund vernahm.‹ Er schwieg einen Augenblick, dann sagte er zögernd, als scheue er sich vor dem Laut seiner eignen Stimme: ›Heute nacht, nach achtzehn Jahren, da der Spaten auf die Kiste stieß, habe ich es wieder gehört. Es war nicht bloß in meinem Ohr, wie es all die Jahre hindurch so oft gewesen ist; unter mir, aus dem Grund der Erde kam es herauf. – Man darf nicht sprechen bei solchem Werk; aber mir war, als schnitte das Eisen in deiner toten Mutter Herz. – Ich schrie laut auf, da erlosch die Lampe, und – siehst du‹, setzte er dumpf hinzu, ›deshalb ist alles wieder verschwunden.‹

Ich warf mich vor meinem Vater auf die Knie und legte meine Hände um seinen Nacken. ›Ich bin kein Kind mehr‹, sagte ich, ›laß uns zusammenhalten, Vater; ich weiß, das Unglück ist in unser Haus gekommen.‹

Er sagte nichts; aber er lehnte seine feuchte Stirn an meine Schulter; es war das erste Mal, daß er an seinem Kinde eine Stütze suchte. Wie lange wir so gesessen haben, weiß ich nicht. Da fühlte ich, daß meine Wangen von heißen Tränen naß wurden, die aus seinen alten Augen flossen. Ich klammerte mich an ihn. ›Weine nicht, Vater‹, bat ich, ›wir werden auch die Armut ertragen können.‹

Er strich mit seiner zitternden Hand über mein Haar und sagte leise, so leise, daß ich es kaum verstehen konnte: ›Die Armut wohl, mein Kind, aber nicht die Schuld.‹

Und nun, mein Junge, kam eine bittere Stunde; aber eine, die noch jetzt in meinem Alter mir als die trostvollste meines Lebens erscheint. Denn zum ersten Male konnte ich meinem Vater die Liebe seines Kindes geben; und von jenem Augenblicke an blieb sie ihm das Teuerste und bald auch das letzte, was er auf Erden noch sein nannte. Während ich neben ihm saß und heimlich meine Tränen niederschluckte, schüttete mein Vater mir sein Herz aus. Ich wußte nun, daß er vor dem Bankerott stand; aber das war das Schlimmste nicht. In einer schlaflosen Nacht, da er vergebens auf seinem heißen Kissen nach einem Ausweg aus dem Elend gesucht, war ihm die halbvergessene Sage von dem Schatz in unserem Brunnen wieder in den Sinn gekommen. Der Gedanke hatte ihn seitdem verfolgt; tags, wenn er über seinen Büchern saß, des Nachts, wenn endlich ein schwerer Schlummer auf seiner Brust lag. In seinen Träumen hatte er das Gold im dunkeln Wasser brennen sehen; und wenn er morgens aufgestanden, immer wieder hatte es ihn hinaus an den Brunnen getrieben, um wie gebannt in die geheimnisvolle Tiefe hinabzustarren. Da hatte er sich dem argen Gehülfen anvertraut. Aber der war keineswegs sogleich bereit gewesen, sondern hatte vor allem eine bedeutende Summe zu den notwendigen Vorbereitungen des Werkes verlangt. Mein Armer Vater hatte schon keinen Willen mehr; er gab sie hin, und bald eine zweite und dritte. Das Traumgold verschlang das wirkliche, das noch in seinen Händen war; aber dieses Gold war nicht sein eigen; es war das anvertraute Erbe seines Mündels. An Ersatz war nicht zu denken; wir rieten hin und wider; Verwandte, die uns zu helfen vermocht, hatten wir nicht; dein Großvater war nicht mehr; endlich gestanden wir uns, daß von außen keine Hülfe zu hoffen sei. –

Das Licht war ausgebrannt, ich hatte meinen Kopf an meines Vaters Brust gelegt, meine Hand ruhte in der seinen; so blieben wir im Dunkeln sitzen. Was dann weiter im geheimen Zwiesprach dieser Nacht zwischen uns gesprochen wurde, ich weiß es nicht mehr. Aber niemals zuvor, da noch mein Vater unfehlbar vor mir stand, wie fast nur unser Herrgott selber, habe ich solch heilige Zärtlichkeit für ihn gefühlt wie in jener Stunde, da er mir eine Tat vertraut hatte, die wohl nicht bloß vor den Augen der Menschen ein Verbrechen war. – Allgemach erblichen am Himmel draußen die Sterne, ein kleiner Vogel sang aus den Holunderbüschen, und der erste Schein des Morgenrots fiel in das dämmerige Zimmer. Mein Vater stand auf und trat an das Pult, auf dem seine großen Kontobücher lagen. Das lebensgroße Ölbild des Großvaters, mit dem Haarbeutel und dem lederfarbenen Kamisol, schien strenge auf den Sohn herabzusehen. ›Ich werde noch einmal rechnen‹, sagte mein Vater, ›bleibt das Fazit dasselbe‹, setzte er zögernd hinzu, indem er wie um Vergebung flehend zu dem Bilde seines Vaters aufblickte, ›dann werde ich einen schweren Gang tun; denn ich bedarf der Barmherzigkeit Gottes und der Menschen.‹

Auf seinen Wunsch verließ ich jetzt das Zimmer, und bald wurde es laut im Hause; der Tag war angebrochen. Als ich die nötigen Geschäfte besorgt hatte, ging ich in den Garten und durch das Hinterpförtchen auf den Weg hinaus; Harre pflegte hier vorbeizukommen, wenn er morgens nach der Werkstatt ging, in der er bis jetzt noch arbeitete.

Ich brauchte nicht lange zu warten; als die Uhr sechs geschlagen, sah ich ihn kommen. ›Harre, einen Augenblick!‹ sagte ich und winkte ihm, mit mir in den Garten zu treten.

Er sah mich befremdet an; denn meine böse Botschaft war wohl auf meinem Gesicht geschrieben; auch stand ich, als ich ihn in eine Ecke des Gartens gezogen hatte, eine ganze Zeit und hatte seine Hand gefaßt, ohne daß ich ein Wort hervorbringen konnte. Endlich aber sagte ich ihm alles, und dann bat ich ihn: ›Mein Vater will zu dir gehen; sei nicht zu hart mit ihm.‹

Er war totenblaß geworden, und in seine Augen trat ein Ausdruck, vielleicht nur der Verzweiflung, der mich erschreckte.

›Harre, Harre, was willst du mit dem alten Mann beginnen?‹ rief ich.

Er drückte die Hand gegen seine Brust. ›Nichts, Agnes‹, sagte er, indem er mich traurig lächelnd ansah; ›aber ich muß nun fort von hier.‹

Ich erschrak. – ›Weshalb?‹ fragte ich stammelnd.

›Ich darf deinen Vater nicht wiedersehen.‹

›Du wirst ihm ja doch vergeben, Harre!‹

›Das wohl, Agnes; ich schulde ihm mehr als das; aber – er soll sein graues Haupt vor mir nicht demütigen. Und dann‹ – das setzte er wie beiläufig noch hinzu –, ›ich glaube auch, es geht jetzt mit dem Meisterwerden nicht.‹

Ich sagte nichts hierauf; ich sah nur, wie das Glück, nach dem ich gestern schon die Hand gestreckt, in unsichtbare Ferne schwand; aber es war nichts mehr zu ändern; es war jetzt am besten so, wie es Harre wollte. Nur das sagte ich noch: ›Wann wirst du gehen, Harre?‹ Ich wußte selbst kaum, was ich sprach.

›Sorge nur, daß dein Vater mich heute nicht auf sucht‹, erwiderte er; ›bis morgen früh bin ich mit allem fertig, was ich noch hier zu tun habe. Kränke dich auch nicht um mich, ich finde leicht ein Unterkommen.‹

Nach diesen Worten trennten wir uns; das Herz war wohl zu voll, als daß wir Weiteres hätten sprechen können.« –

Die Erzählerin schwieg eine Weile. Dann sagte sie: »Am andern Morgen sah ich ihn noch einmal, und dann nicht mehr; das ganze lange Leben niemals mehr.«

Sie ließ den Kopf auf ihre Brust sinken; die Hände, die auf ihrem Schoß geruht hatten, wand sie leise umeinander, als müsse sie damit das Weh beschwichtigen, das, wie einst das Herz des jungen blonden Mädchens, so noch jetzt den gebrechlichen Leib der Greisin zittern machte.

Doch sie blieb nicht lange in dieser gebrochenen Stellung; sich gewaltsam aufraffend, erhob sie sich vom Stuhl und trat ans Fenster. »Was will ich klagen!« sagte sie und zeigte mit dem Finger auf die Scheibe, die ihres Vaters Namen trug. »Der Mann hat mehr gelitten als ich. Laß mich auch das dir noch erzählen.« –

»Harre war fort; er hatte von meinem Vater in einem herzlichen guten Briefe Abschied genommen; gesehen haben sie sich nicht mehr. Bald darauf waren die letzten gerichtlichen Schritte gegen uns getan, und die Eröffnung des Konkurses sollte in nächster Zeit erfolgen.

Es war damals Sitte in unserer Stadt, daß alle öffentlichen Bekanntmachungen nicht wie jetzt durch den Prediger in der Kirche, sondern aus dem offenen Fenster des Ratssitzungssaales durch den Stadtsekretär verlesen wurden; bevor aber dies geschah, wurde eine halbe Stunde lang mit der kleinen Glocke vom Turm geläutet. Da unser Haus dem Rathause gegenüber lag, so hatte ich dies oft beobachtet, und auch, wie sich unter dem Glockenschall Kinder und müßige Leute vor den Rathausfenstern und auf der Treppe über dem Ratskeller versammelten. Das nämliche geschah bei der Publizierung eines Konkursurtels; aber die Leute legten dann der Sache eine üble Bedeutung unter, und das Wort ›Die Glocke hat über ihn geläutet‹, galt für einen Schimpf. – Ich hatte auch in solchen Fällen ohne viel Gedanken hingehört; jetzt zitterte ich vor dem Eindruck, den dieser Vorgang auf das Gemüt meines ohnehin tiefgebeugten Vaters machen würde.

239

Er hatte mir vertraut, daß er sich deshalb durch einen befreundeten Ratsherrn an den Bürgermeister gewandt habe; und der Ratsherr, ein gutmütiger Schwätzer, hatte ihm die Zusicherung gegeben, daß die Publikation diesmal ohne die Glocke geschehen würde. Ich selbst aber wußte aus sicherer Quelle, daß diese Zusicherung eine grundlose war. Dennoch ließ ich meinen Vater in seinem arglosen Glauben und bemühte mich nur, ihn für diesen Tag zu einer kleinen Reise aufs Land zu unsern Verwandten zu bereden. Aber er wollte, wie er mit schmerzlichem Lächeln sagte, sein sinkendes Schiff nicht vor dem völligen Untergang verlassen. Da, in meiner Angst, fiel mir ein, daß ich in dem hintersten Verschlage unseres sehr tiefen und gewölbten Kellers die Glocke niemals hatte schlagen hören. Darauf baute ich meinen Plan. Es gelang mir auch, meinen Vater zu bereden, mit mir gemeinschaftlich ein Verzeichnis über die dort lagernden Waren aufzunehmen, wodurch, wenn später die Gerichtspersonen zur Aufnahme des Inventars kämen, eine Abkürzung dieses traurigen Geschäfts herbeigeführt würde.

Als die verhängnisvolle Stunde kam, waren wir schon längst unter der Erde bei unserer Arbeit. Mein Vater sortierte die Waren, ich beim Schein einer Laterne schrieb auf ein Blatt Papier, was er mir diktierte. Ein paarmal war mir wohl gewesen, als hörte ich von fern das Summen einer Glocke; dann sprach ich ein paar laute Worte, bis das Schieben und Rücken mit den Fässern und Kisten allen von außen eindringenden Schall wieder verschlang. Alles schien gut zu gehen, mein Vater war ganz in seine Arbeit vertieft. Da hörte ich plötzlich droben die Kellertür aufreißen; die alte Magd rief, ich weiß nicht mehr weshalb, nach mir, und zugleich drangen auch die klaren Schallwellen der Glocke zu uns herab. Mein Vater horchte auf und setzte die Kiste, die er in den Händen hatte, auf den Boden. ›Die Schandglocke!‹ stöhnte er und fiel wie kraftlos gegen die Wand. ›Es wird mir nichts erspart.‹ – Aber nur einen Augenblick; dann richtete er sich auf, und ehe ich noch Zeit bekam, ein Wort zu reden, hatte er schon den Raum verlassen, und gleich darauf hörte ich ihn die Kellertreppe hinaufsteigen. Auch ich ging jetzt in das Haus hinauf und fand meinen Vater, nachdem ich ihn vergebens in der Schreibstube gesucht, im Wohnzimmer mit gefalteten Händen am offnen Fenster stehen. In diesem Augenblick hörte das Glockenläuten auf; im Rathaus drüben, das von der hellen Morgensonne beleuchtet war, wurden die drei Fensterflügel aufgestoßen, und ich sah den Stadtdiener die roten Polster auf die Fensterbänke legen; an dem Eisengeländer der Ratstreppe hing schon ein ganzer Schwarm von halberwachsenen Buben. Mein Vater stand unbeweglich und sah mit gespannten Augen zu. Ich wollte ihn mit sanften Worten fortziehen. Aber er wehrte mir. ›Laß nur, mein Kind‹, sagte er, ›das geht mich an, ich muß das hören.‹

So blieb er denn. Der alte Stadtsekretär mit seinem weißgepuderten Kopf erschien drüben in dem Mittelfenster, und während ihm zur Seite zwei Ratsherren auf den roten Kissen lehnten, verlas er mit seiner scharfen Stimme aus einem Blatt Papier, das er in beiden Händen vor sich hielt, das Konkursurtel. Bei der klaren Frühlingsluft drang jedes Wort verständlich zu uns herüber. Als mein Vater seinen vollen Namen über den Markt hinaussprechen hörte, sah ich ihn zusammenzucken; aber er hielt dennoch stand, bis alles vorüber war. Dann zog er seine goldene Uhr, die er von seinem Vater ererbt hatte, aus der Tasche und legte sie auf den Tisch. ›Sie gehört zur Konkursmasse‹, sagte er, ›Schließe sie in die Schatulle, damit sie morgen mit versiegelt werde.‹

Am andern Tage kamen die Herren zur Versiegelung; aber mein Vater konnte das Bett nicht verlassen; er war in der Nacht vom Schlage getroffen worden. – Als einige Monate später unser Haus verkauft war, wurde er in einem Tragkorb, den wir aus dem Krankenhause geliehen, nach der kleinen Wohnung gebracht, die wir am Ende der Stadt für uns gemietet hatten. Dort hat er noch neun Jahre gelebt; ein gelähmter und gebrochener Mann. In seinen guten Stunden besorgte er kleine Rechnungen und Schreibereien für andere; das meiste habe ich mit meiner Hände Arbeit verdienen müssen. Dann aber ist er in fester Hoffnung auf die Barmherzigkeit Gottes in meinen Armen sanft verschieden. – Nach seinem Tode kam ich zu guten Leuten; es war das Haus deiner Großeltern.«

Meine alte Freundin schwieg. Ich aber dachte an Harre. – »Und hast du denn«, fragte ich, »während der ganzen Zeit auch niemals eine Nachricht von deinem Jugendfreunde erhalten?«

»Niemals, mein Kind«, erwiderte sie.

»Weißt du, Hansen«, sagte ich, »dein Harre gefällt mir nicht, er war kein Mann von Wort!«

Sie legte die Hand auf meinen Arm. »So darfst du nicht sprechen, Kind. Ich habe ihn gekannt; es gibt noch andere Dinge als den Tod, die des Menschen Willen zwingen. – Aber wir wollen nach meinem Zimmer gehen; du hast deinen Hut noch dort, und es mag bald Mittag werden.«

So schlossen wir denn den einsamen Festsaal wieder ab und gingen denselben Weg zurück, den wir gekommen waren. Diesmal öffnete sich die Tür des Spökenkiekers nicht; nur hinter derselben, auf den sandigen Dielen, hörten wir seinen schlurfenden Schritt.

Als wir in Hansens Zimmer waren, wo noch der letzte Strahl der Vormittagssonne in die Fenster schien, zog sie eine Schublade ihrer Schatulle auf und nahm daraus ein Mahagonikästchen, sauber poliert, aber im Geschmack einer vergangenen Zeit. Es mochte einst ein Geschenk des jungen Tischlers an einem Geburtstage ihrer Jugend gewesen sein.

»Das mußt du auch noch sehen«, sagte Hansen, indem sie das Kästchen aufschloß. Es lagen Wertpapiere darin, welche sämtlich auf Harre Jensen, »Sohn des verstorbenen Tischlermeisters Harre Christian Jensen dahier«, lauteten, deren Datum aber nicht über die letzten zehn Jahre hinabreichte.

»Wie kommst du zu diesen Papieren?« fragte ich.

Sie lächelte. »Ich habe nicht umsonst gedient.«

»Aber die Papiere lauten nicht auf deinen Namen!«

»Es ist die Schuld meines Vaters, die ich zurückerstatte. Deshalb, und weil mein Nachlaß, wie aller, die hier versterben, an das Stift fällt, habe ich das Geld sofort auf Harre Jensens Namen schreiben lassen.« – Einen Augenblick noch, ehe sie es wieder einschloß, wog sie das Kästchen auf der Hand. »Der Schatz ist wieder beisammen«, sagte sie, »aber das Glück, mein Kind, das Glück, das einst darin gewesen ist. das ist nicht mehr darin.«

Als sie diese Worte sprach, schoß draußen ein Schwalbenzug mit lautem Geschrei vorüber, und gleich darauf flatterten zwei dieser Vögel bis nahe an die Scheiben und setzten sich dann zwitschernd auf den offnen Fensterflügel. Es waren die ersten Schwalben, die ich in diesem Frühjahr sah.

»Hörst du die kleinen Gratulanten, Hansen?« rief ich, »just zu deinem Geburtstag sind sie heimgekommen!«

Hansen nickte nur. Ihre noch immer schönen blauen Augen blickten traurig auf die kleinen singenden Freunde. Dann legte sie die Hände auf meinen Arm und sagte freundlich: »Geh nun, mein Kind; ich danke allen, daß sie an mich gedacht. Ich möchte nun allein sein.«

Es war mehrere Jahre später, als ich mich von einer Reise nach dem mittleren Deutschland auf dem Heimwege nach meiner Vaterstadt befand. Auf einer Hauptstation der Eisenbahn – denn die Zeit des Dampfes war damals schon hereingebrochen – stieg ein alter Mann mit weißem Haar zu mir in das Coupé, worin ich mich bisher allein befunden hatte. Er ließ sich einen kleinen Reisekoffer nachreichen, den ich ihm unter den Sitz schieben half, und setzte sich dann mit den freundlichen Worten: »Wir haben auch noch nie beisammengesessen« mir gegenüber. Als er dies sagte, erschien um den Mund und um die braunen Augen ein Ausdruck der Güte, ich möchte sagen der Teilnahme, der unwillkürlich zu traulichem Gespräche einlud. Die Sauberkeit seiner äußern Erscheinung, die sich nicht bloß in dem braunen Tuchrock und dem weißen Halstuch ausprägte, das feinbürgerliche Wesen des Mannes, alles heimelte mich an, und es dauerte nicht lange, so hatten wir uns in gegenseitige Mitteilungen über unsere Familienverhältnisse vertieft. Ich erfuhr, daß er ein Klaviermacher und in einer mittelgroßen Stadt Schwabens ansässig sei. Dabei fiel mir eines auf; mein Reisegefährte sprach den süddeutschen Dialekt, und doch hatte ich auf seinem Koffer den Namen »Jensen« gelesen, der meines Wissens nur dem nördlichsten Deutschland angehörte.

Als ich ihm das bemerkte, lächelte er. »Ich mag schon ziemlich eingeschwäbelt sein«, sagte er, »denn ich wohne nun seit über vierzig Jahren in diesem guten Lande und habe es in dieser Zeit niemals verlassen; meine Heimat aber liegt im Norden, und daher stammt denn auch mein Name.« Und nun nannte er meine eigene Vaterstadt als seinen Geburtsort.

»So sind wir Landsleute so sehr als möglich«, rief ich, »dort bin auch ich geboren und eben im Begriff, dahin zurückzukehren.«

Der alte Herr ergriff meine beiden Hände und sah mich liebevoll an. »Das hat der liebe Gott gut gemacht«, sagte er, »so reisen wir, wenn es Ihnen recht ist, zusammen. Auch mein Ziel ist unsere Vaterstadt; ich hoffe auf ein Wiedersehen dort – wenn Gott es zuläßt.«

Ich nahm mit Freuden diesen Vorschlag an.

Nachdem wir den derzeitigen Endpunkt der Eisenbahn erreicht hatten, lagen noch fünf Meilen Weges vor uns, und bald saßen wir zusammen in den bequemen Kissen eines Federwagens, dessen Bedachung wir bei dem schönen Herbstwetter zurückgeschlagen hatten. Die Gegend wurde allmählich heimatlicher; die Wälder verschwanden, bald auch die lebendigen Zäune zur Seite des Weges, ja sogar die Wälle, auf denen sie standen, und die weite baumlose Ebene tat sich vor uns auf. Mein Gefährte blickte still vor sich hinaus. »Ich bin dieser Unendlichkeit des Raumes so entwöhnt«, sagte er einmal; »mir ist jetzt hier, als sähe ich nach allen Seiten in die Ewigkeit.« Dann schwieg er wieder, und ich störte ihn nicht.

Als wir etwa auf der Mitte des Weges aus einem Dorfe, durch das die Landstraße führte, wieder ins Freie kamen, bemerkte ich, daß er den Kopf vorbeugte und eifrig auszulugen schien. Dann beschattete er die Augen mit seiner Hand und wurde sichtbar unruhig. »Ich sehe doch sonst noch so gut in die Ferne«, sagte er endlich, »aber ich bemühe mich umsonst, unsern Turm von hier in Sicht zu bekommen, und doch hab ich ihn in meiner Jugend von hier aus immer zuerst begrüßt, wenn ich von einer Wanderung heimkehrte.«

»Sie müssen sich irren«, erwiderte ich, »der niedrige Turm kann in solcher Entfernung noch nicht sichtbar sein.«

»Niedrig!« rief der Alte fast unwillig, »der Turm hat seit Jahrhunderten auf viele Meilen in die See hinaus den Schiffern zum Wahrzeichen gedient!«

Da fiel es mir bei. »Sie denken am Ende«, sagte ich zögernd, »noch an den Turm der alten Kirche, die vor reichlich vierzig Jahren abgebrochen wurde.«

Der Alte sah mich mit seinen großen Augen an, als ob ich faselte. »Die Kirche abgebrochen – und vor über vierzig Jahren! Mein Gott, wie lange bin ich fort gewesen; ich habe niemals etwas davon erfahren!«

Er faltete seine Hände und saß eine ganze Weile wie mutlos in sich zusammengesunken. Dann sagte er: »Auf jenem schönen Turm, der also nur in meinen Gedanken noch vorhanden war, habe ich vor nun bald fünfzig Jahren der das Wiederkommen versprochen, um deren willen ich jetzt diese weite Reise mache. Ich will Ihnen, wenn Sie hören mögen, dies Stück meines Lebens mitteilen; vielleicht, daß Sie mir dann über die Hoffnung, die ich hege, eine Auskunft zu geben vermögen.«

Ich versicherte den alten Herrn meiner Teilnahme; und während unser Postillion in der warmen Mittagssonne auf seinem Sitze einnickte und die Räder langsam durch den Sand mahlten, begann er seine Erzählung:

»In meiner Jugend hätte ich gern den Weg einer gelehrten Bildung eingeschlagen; da aber nach dem frühzeitigen Tode meiner Eltern die Mittel dazu nicht vorhanden waren, so blieb ich bei dem Handwerk meines Vaters, das heißt, ich wurde Tischler. Schon während ich als Geselle auf der Wanderschaft war, hatte ich nicht übel Lust, mich draußen anzusiedeln; denn es fehlte mir nicht ganz an Mitteln; aus dem Verkauf des väterlichen Hauses war mir ein rundes Sümmchen übriggeblieben, das für den Anfang schon genügte. Aber ich kehrte doch wieder heim, und das geschah um eines jungen blonden Mädchens willen. – Ich glaube nicht, daß ich jemals wieder so blaue Augen gesehen habe. Eine Freundin sagte einmal im Scherz zu ihr: ›Agnes, ich pflück dir die Veilchen aus den Augen!‹ Die Worte hab ich nimmer vergessen können.« – Der Alte schwieg eine Weile und blickte verklärt vor sich hin, als sähe er noch einmal in diese Veilchenaugen seiner Jugend. Darauf, während ich fast unwillkürlich den Namen meiner alten Freundin in St. Jürgen bei mir selber sprach, begann er wieder: »Sie war die Tochter eines Krämers, meines Vormundes. Wir wuchsen als Nachbarkinder miteinander auf, während das Mädchen von dem früh verwitweten Vater ziemlich streng und einsam erzogen wurde. Daher mag es gekommen sein, daß sie sich immer mehr dem einzigen Jugendgespielen anschloß. Bald nach meiner Rückkehr waren wir unter uns beiden so gut als verlobt, und es war schon ausgemacht, daß ich in unserer Vaterstadt ein Geschäft begründen sollte, als ich durch einen unerwarteten Zufall mein ganzes kleines Vermögen verlor. – Es kam so, daß ich wieder fort mußte.

Am letzten Tage hatte Agnes mir versprochen, abends noch einmal auf den Weg hinter ihrem Garten hinauszukommen und dort ein letztes Wort mit mir zu reden. Als ich mich aber mit dem bestimmten Glockenschlage einfand, war sie nicht dort. Ich stand lauschend an der Planke unter dem überhängenden Lindengezweig, aber ich wartete vergebens. Das Haus ihres Vaters konnte ich damals nicht betreten; nicht daß ein Zwiespalt zwischen uns gewesen wäre, ich glaube im Gegenteil, daß er mir die Hand seiner Tochter ohne großes Bedenken würde gegeben haben; denn er hielt etwas auf mich und war kein hochmütiger Mann. Es hatte einen andern Grund, den ich nicht gern der Vergessenheit entreißen möchte. – Ich weiß es noch gar wohl. Es war ein dunkler, stürmischer Aprilabend; mehrmals täuschte mich die Wetterfahne auf dem Dache, daß ich glaubte, die mir wohlbekannte Hoftür öffnen zu hören, aber es kam kein Schritt den Gartensteig herab. Noch lehnte ich an der Planke und sah die schwarzen Wolken am Himmel vorüberfliegen; endlich ging ich schweren Herzens fort. – –

246

Am andern Morgen hatte es eben fünf vom Turme geschlagen, als ich nach einer schlaflosen Nacht die Treppe von meiner Kammer hinabstieg und von meinen Hauswirten Abschied nahm. In den engen, schlecht gepflasterten Straßen war noch die Dunkelheit und der Schmutz des Winters. Die Stadt schien noch im Schlaf zu liegen; von allen bekannten Gesichtern wollte mir keins begegnen, und so ging ich einsam und trübselig meinen Weg. Da, als ich eben nach dem Kirchhof einbiegen wollte, brach ein scharfer Sonnenstrahl hervor, und das alte Haus der Ratsapotheke, das unten mit seinem Löwenschnitzbild noch in dem Dunst der Gasse stand, war oben mit der Spitze des Treppengiebels auf einmal wie in Frühlingsschein gebadet. Zugleich, als ich eben aufschaue, schallt über mir hoch in der Luft ein langgezogener Ton; dann noch einmal und noch einmal, als riefe es weit in die Welt hinaus.

Ich war auf den Kirchhof hinausgetreten und blickte an dem Turm hinauf; da sah ich oben auf der Galerie den Türmer stehen und sah, wie er sein langes Horn noch in der Hand hielt. Ich wußte es nun wohl; die ersten Schwalben waren gekommen, und der alte Jakob hatte ihnen den Willkommen geblasen und es laut über die Stadt gerufen, daß der Frühling ins Land gekommen sei. Dafür bekam er seinen Ehrentrunk im Ratsweinkeller und einen blanken Reichstaler vom Herrn Bürgermeister. – Ich kannte den Mann und war oft droben bei ihm gewesen; als Knabe, um von dort aus meine Tauben fliegen zu sehen, später auch wohl mit Agnes; denn der Alte hatte ein Enkeltöchterchen bei sich, zu dem sie Pate gestanden und deren sie sich auf allerlei Art anzunehmen pflegte. Einmal, am Christabend, hatte ich ihr sogar ein vollständiges Weihnachtsbäumchen den hohen Turm hinaufschleppen helfen. – Nun stand die wohlbekannte Eichentür offen; unwillkürlich trat ich hinein, und in der Finsternis, die mich plötzlich umgab, stieg ich langsam die Treppen und, wo diese aufhörten, die schmalen leiterartigen Stiegen hinan. Nichts hörte ich als das Rasseln der großen Turmuhr, die hier in der Einsamkeit ihr Wesen trieb. Ich weiß es noch gar wohl, mir grauete dermalen vor diesem toten Dinge, und ich hätte, als ich daran vorbeikam, in die eisernen Räder greifen mögen, nur um es stillzumachen. Da hörte ich den alten Jakob von oben herabklettern. Er schien mit einem Kinde zu sprechen, das er zur Vorsicht ermahnte. Ich rief ihm einen ›Guten Morgen‹ in die Dunkelheit hinauf und fragte, ob er die kleine Meta bei sich habe.

›Bist du's denn, Harre?‹ rief der Alte zurück, ›freilich, die muß mit zum Herrn Bürgermeister.‹

Endlich kamen die beiden zu mir herab, während ich seitwärts in eine Schalluke getreten war. Als Jakob mich so reisefertig neben sich sah, rief er verwundert: ›Was soll das bedeuten, Harre? Was steigst denn da mit Knüttel und Wachstuchhut in meinen Turm hinauf? Bist doch nicht wieder fremd geworden bei uns daheim?‹

›Es ist nicht anders, Jakob‹, erwiderte ich, ›'s wird hoffentlich nicht auf lange sein.‹

›Hatt's mir ganz anders mit dir ausgedacht!‹ brummte der Alte. ›Nun, wenn's denn einmal sein muß, die Schwalben sind wieder da; es ist jetzt schon die beste Zeit zum Wandern. Und hab auch Dank, daß du noch mal gekommen bist!‹

›So lebt wohl, Jakob!‹ sagte ich. ›Und wenn Ihr mich von Eurem Turm herab einmal im hellen Sonnenschein wieder ins Tor hineinwandern seht, so blast auch mir einen Willkommen wie heute Euren Schwalben!‹

Der Alte schüttelte mir die Hand, indem er sein Enkelchen auf den Arm nahm. ›Soll gelten, Meister Harre!‹ rief er lächelnd; er pflegte mich im Scherze so zu nennen. Als ich mich aber anschickte, wieder mit ihm hinabzusteigen, fügte er noch hinzu: ›Wenn du einen »guten Weg« von der Agnes haben willst, sie ist oben, schon seit früh; sie hat noch ihr Gefallen an den Vögelchen.‹

Wohl niemals bin ich so schnell die letzten halsbrechenden Stiegen hinaufgekommen, obgleich mir der Herzschlag fast den Atem versetzte. Als ich aber oben auf die Plattform und in den blendenden Himmelsschein hinaustrat, blieb ich unwillkürlich stehen und tat einen Blick über das Eisengeländer. Da sah ich unter mir in der Tiefe meine Vaterstadt im ersten Schmuck des Frühlings liegen; überall zwischen den Dächern standen die Kirschbäume in Blüte, welche das warme Frühjahr so zeitig hervorgetrieben hatte. Dort der Giebel, dem kleinen Turme des Rathauses gegenüber, gehörte dem Hause meines Vormundes. Ich sah den Garten, den Weg dahinter; mir quoll das Herz, und von Heimweh überwältigt, mag ich unwillkürlich einen Laut ausgestoßen haben; denn ich fühlte plötzlich meine Hand ergriffen, und als ich aufblickte, stand Agnes neben mir. ›Harre‹, sagte sie, ›kommst du noch einmal!‹ Und dabei flog ein glückliches Lächeln über ihr Gesicht.

›Ich dachte nicht, dich hier zu finden‹, erwiderte ich, ›nun muß ich fort; weshalb hast mich gestern so vergebens warten lassen?‹

Da war alles Glück aus ihrem Antlitz verschwunden. ›Ich konnte nicht, Harre; mein Vater wollte mich nicht von sich lassen. Später bin ich in den Garten hinabgelaufen; aber du warst schon fort, du kamst nicht; da bin ich heute früh auf den Turm gestiegen – ich dachte, ich könnte dich doch zum Tor hinauswandern sehen.‹

Die Zukunft lag verworren vor mir, aber doch hatte ich einen Plan gefaßt. Schon früher war ich in einer Klavierfabrik beschäftigt gewesen; nun wollte ich wieder diese Arbeit suchen, um dann mit Hülfe des zu erwartenden Verdienstes vielleicht später selbst ein solches Geschäft zu begründen; denn diese Instrumente begannen schon damals eine große Verbreitung zu finden. – Das alles sagte ich jetzt dem Mädchen, und auch, wohin ich mich zunächst zu wenden beabsichtigte.

Sie hatte sich auf das Geländer gelehnt und wie abwesend in den leeren Himmelsraum hinausgeblickt. Jetzt wandte sie langsam den Kopf zurück. ›Harre‹, sagte sie leise, ›geh nicht fort, Harre!‹

Als ich sie aber ohne Antwort anblickte, rief sie wieder: ›Nein, hör nicht auf mich; ich bin ein Kind, ich weiß nicht, was ich rede.‹ Der Morgenwind hatte ein paar der blonden Haare gelöst und wehte sie über ihr blasses Gesicht, das jetzt geduldig zu mir aufblickte.

›Wir müssen warten, Agnes‹, sagte ich, ›das Glück liegt nun in weiter Ferne; ich will versuchen, ob ich es wieder heimbringen kann. Schreiben werd ich nicht; ich komme selber, wenn es Zeit ist.‹

Sie sah mich eine Weile mit großen Augen an; dann drückte sie mir die Hand. ›Ich warte‹, sagte sie mit fester Stimme; ›geh denn mit Gott, Harre!‹

Ich ging noch nicht. Der Turm, der uns beide trug, ragte so einsam in den blauen Ätherraum; nur die Schwalben, auf deren stahlblauen Schwingen der Sonnenschein wie Funken blitzte, schwebten um uns her und badeten in dem Meer von Luft und Licht. – Ich hielt noch immer ihre Hand; mir war, als könne ich nicht fort von hier, als wären wir beide, sie und ich, schon jetzt hinausgehoben über alle Not der Welt. – Aber die Zeit drängte; unter uns schlug dröhnend die Viertelglocke. Da, als noch die Schallwellen den Turm umfluteten, kam eine Schwalbe geflogen, daß sie uns fast mit ihren Flügeln streifte; furchtlos, nur auf Armeslänge von uns, setzte sie sich auf den Rand des Geländers, und während wir wie gebannt in das kleine glänzende Auge blickten, schmetterte sie plötzlich mit geschwellter Kehle ihre Frühlingslaute in die Luft. Agnes warf sich an meine Brust. ›Vergiß das Wiederkommen nicht!‹ rief sie. Da breitete der Vogel seine Schwingen aus und flog davon. – –

Wie ich durch den dunkeln Turm zur Erde gekommen bin, das weiß ich nicht. Als ich draußen vor dem Stadttor auf der Landstraße war, blieb ich stehen und blickte zurück. Da erkannte ich noch deutlich auf dem von Sonnenglanze umflossenen Turm ihre liebe Gestalt; mir schien, als lehne sie sich weit über den Rand des Geländers hinaus, so daß ich unwillkürlich einen Schreckensruf ausstieß. Aber die Gestalt blieb unbeweglich.

Und endlich wandte ich mich und ging, ohne noch einmal wieder umzusehen, mit raschen Schritten auf der Landstraße fort.«

Der Alte schwieg eine Weile. Dann sagte er: »Sie hat vergebens auf mich gewartet; ich bin niemals wieder heimgekommen. – Ich will Ihnen nun erzählen, wie das geschehen konnte.

Meine erste Arbeit fand ich in Wien, wo damals die besten Klavierfabriken waren; von da kam ich nach anderthalb Jahren ins Württembergische, nach meinem jetzigen Wohnort. Ein Nebengeselle von mir hatte dort einen Bruder, von dem er um die Besorgung eines zuverlässigen Gehülfen gebeten war. – Es war ein noch junges Ehepaar, zu dem ich ins Haus kam. Das Geschäft war klein, aber der Inhaber ein freundlicher und geschickter Mann, bei dem ich bald mehr in diesen Dingen lernte als in der großen Fabrik, wo ich immer nur zu einzelnen Arbeiten gelassen wurde. Da ich mich der Sache nach Kräften annahm und doch auch aus meinen Wiener Erfahrungen manches hinzubrachte, so gewann ich bald das Vertrauen dieser guten Leute. Besondere Freude machte es ihnen, daß ich in meinen Freistunden den ältesten ihrer beiden Knaben in der deutschen Sprache unterrichtete; denn ihnen gefiel meine damals noch norddeutsche Aussprache, und sie wünschten, daß die Kinder auch einmal, wie sie meinten, so reines Deutsch sprechen möchten. Bald wurde auch der jüngere Bruder in den Unterricht hineingezogen, und nun blieb es nicht bei der trockenen Grammatik; ich wußte mir Bücher zu verschaffen, aus denen ich ihnen allerlei Unterhaltendes und Wissenswertes vorzulegen pflegte. So kam es, daß auch die Kinder mit großer Liebe an mir hingen. Als ich nach Jahresfrist zum ersten Mal ohne Beihülfe ein Klavier von besonders schönem Klang zustande gebracht hatte, gab es eine Freude im ganzen Hause, als habe der liebste Angehörige sein Meisterstück gemacht. – Ich aber dachte nun an die Heimkehr.

Da erkrankte mein junger Meister. Aus einer Erkältung entwickelte sich endlich ein ernstliches Brustübel, dessen Keim schon lange in ihm gelegen haben mochte. Die Leitung der Geschäfte kam wie selbstverständlich fast ganz in meine Hände. Ich konnte jetzt nicht fort. Dabei sah ich tiefer in die Verhältnisse der Familie, mit der mich eine immer innigere Freundschaft verband. Eintracht und Fleiß wohnten unter ihrem Dache. Aber es war dennoch ein böses Ding, der dritte Hausgenosse, das diese guten Geister nicht zu vertreiben vermocht hatten. In jedem Winkel, wohin nicht gerade die Sonne schien, sah der kranke Mann es sitzen. – Dieses Ding war die Sorge. – ›Nimm den Kehrbesen und feg es weg‹, sagte ich oft zu meinem Freunde, ›ich will dir helfen, Martin!‹

Dann drückte er mir wohl die Hand, und eine wehmütige Heiterkeit flog für einen Augenblick über sein blasses Gesicht, bald aber sah er wieder die schwarzen Spinngewebe auf allen Dingen.

Leider waren es keine bloßen Hirngespinste. Das Kapital, womit er sein Geschäft begonnen, war von vornherein zu gering gewesen. In den ersten Jahren hatte er durch schlechte Arbeiter Verluste erlitten, die nicht in Rechnung genommen waren, und auch der Absatz der fertigen Ware wollte nicht so rasch erfolgen, wie es solche Umstände erforderten; nun kam ein aussichtsloser Krankheitszustand noch dazu. Auf mir lag endlich nicht nur die ganze Sorge für den Unterhalt der Familie, ich mußte auch noch der Tröster der Gesunden sein. Die Knaben ließen meine Hand nicht los, wenn wir am Bette des Vaters saßen, das er bald nicht mehr verlassen konnte. Bei diesem aber schien das Erlöschen der Körperkraft die Unruhe des Geistes nur zu steigern; grübelnd lag er auf seinem Kissen und baute Pläne für die Zukunft. Mitunter, wenn die Schauer des nahenden Todes ihn anwehten, richtete er sich plötzlich auf und rief: ›Ich kann nicht sterben, ich will nicht sterben!‹ und dann wieder leise mit gefalteten Händen: ›Mein Gott, mein Gott, ich will auch, wenn du willst!‹

Und endlich kam die Stunde der Erlösung. Wir waren alle an seinem Bette; er dankte mir, er nahm von uns allen Abschied. Dann aber, als sähe er vor sich etwas, vor dem er sie beschützen müsse, riß er seine Frau und die beiden Knaben hastig an sich, blickte sie mit trostlosen Augen an und stöhnte laut. Und als ich ihm zuredete: ›Wirf deine Sorgen auf den Herrn, Martin!‹, da rief er verzweifelnd: ›Harre, Harre, das sind nicht mehr die Sorgen, das ist die Armut selbst! Bald wird sie über meine Leiche wegkriechen; mein Weib, o meine lieben Kinder, sie werden ihr nicht entrinnen!‹

Es ist ein eigen Ding um ein Sterbebett; ich weiß nicht, ob Sie es kennen, mein junger Freund. Aber in diesem Augenblick versprach ich meinem sterbenden Meister, bei den Seinen auszuhalten, bis das Gespenst, das seine letzte Stunde störte, sie nicht mehr würde erreichen können. Und als ich das versprochen, ließ auch der Tod nicht mehr auf sich warten. Leise schritt er zur Tür herein. Martin streckte die Hand aus; ich meinte, er wolle sie mir noch reichen, aber es war der unsichtbare Bote des Herrn, der sie ergriff; denn ehe ich sie berührte, hatte das Leben meines jungen Meisters aufgehört.«

Mein Reisegefährte nahm seinen Hut ab und legte ihn vor sich auf den Schoß; sein weißes Haar wehte in der lauen Mittagsluft. So saß er schweigend, als weihe er diese Augenblicke dem Andenken des längst verstorbenen Freundes. – Ich aber mußte der Worte gedenken, die meine alte Hansen einst zu mir gesprochen: »Es gibt noch andere Dinge als den Tod, die des Menschen Willen zwingen.« Es war dennoch der Tod gewesen, der die Lebenden getrennt hatte. Denn es versteht sich, daß ich über die Person dessen, der an meiner Seite saß, nicht mehr in Zweifel sein konnte. Nach einiger Zeit begann der Alte seine Erzählung wieder, indem er langsam sein Haupt bedeckte.

»Ich habe mein gegebenes Wort gehalten«, sagte er, »aber da ich es gab, brach ich ein anderes; denn ich habe nun nicht wieder fort gekonnt. Es zeigte sich bald, daß die Verhältnisse noch zerrütteter waren, als ich bisher gewußt. Einige Monate nach dem Tode des Mannes wurde noch ein drittes Kind, ein Mädchen, geboren; unter diesen Umständen eine neue Sorge zu den alten. Ich tat das Meinige; aber Jahr auf Jahr verging, und das Glück wollte immer noch nicht einkehren. Unerachtet ich nicht nur meine ganze Kraft, sondern auch die Ersparnisse der letzten Jahre hingab, gelang es mir noch immer nicht, den Kampf mit jenem Gespenste der Armut siegreich zu beendigen; ich sah es klar, wenn eine auch nur etwas weniger treue und sorgsame Hand an meine Stelle trat, so waren meine Schutzbefohlenen ihm verfallen.

Oft freilich mitten in der Arbeit überfiel mich das Heimweh und nagte und zehrte an mir; mehr als einmal, wenn der Meißel, ohne daß ich darum gewahr wurde, müßig in meiner Hand lag, bin ich erschreckt vor der Stimme der guten Frau zusammengefahren; denn meine Gedanken waren fort in die Heimat, und eine ganze andere Stimme war in meinen Ohren. In meinen Träumen sah ich den Turm unserer Vaterstadt; anfänglich im hellen Sonnenschein, umkreist von einem Heer von Schwalben; später, wenn der Traum mir wiederkam, sah ich ihn schwarz und drohend in den leeren Himmel ragen, der Herbststurm tobte, und ich hörte die großen Glocken anschlagen; aber immer, auch dann, lehnte Agnes oben auf dem Geländer der Plattform; sie trug noch das blaue Kleid, worin sie dort von mir Abschied genommen hatte; nur war es ganz zerrissen, die leichten Fetzen flatterten in der Luft. ›Wann kommen die Schwalben wieder?‹ hörte ich es rufen. Ich erkannte ihre Stimme, aber sie klang trostlos in dem Wehen des Sturmes. – Wenn ich nach solchen Träumen erwachte, so hörte ich wohl im Zwielicht die

Schwalben auf der Dachrinne über meinem Fenster zwitschern. In den ersten Jahren hatte ich den Kopf aufgestützt und mir das Herz vollsingen lassen von Sehnsucht und Heimweh; später konnt ich's nimmer ertragen. Mehr als einmal, wenn das Gezwitscher kein Ende nehmen wollte, habe ich das Fenster aufgerissen und die lieben Vögel fortgejagt.

An einem solchen Morgen erklärte ich einmal, daß ich nun fort müsse, daß es jetzt endlich Zeit sei, auch an mein eignes Leben zu denken. Aber die beiden Knaben brachen in laute Wehklagen aus, und die Mutter setzte, ohne ein Wort zu sagen, ihr Töchterchen auf meinen Schoß, das sogleich die kleinen Arme fest um meinen Hals schlang. – Mein Herz hing an den Kindern, lieber Herr; ich konnte die Kinder nicht verlassen. Ich dachte. ›Bleib denn noch ein Jahr.‹ Der Abgrund zwischen mir und meiner Jugend wurde immer tiefer; zuletzt lag alles wie unerreichbar hinter mir, wie Träume, an die ich nicht mehr denken dürfe. – Ich war schon über die Vierzig hinaus, da schloß ich auf den Wunsch der schon herangewachsenen Kinder das Ehebündnis mit der Frau, deren einzige Stütze ich so lange gewesen war.

Und nun geschah mir etwas Seltsames. Ich war der Frau, wie sie es auch gar wohl verdiente, stets von Herzen gut gewesen; nun aber, seit sie mir unauflöslich angehörte, begann in mir ein Widerwille, ja fast ein Haß gegen sie zu wachsen, den ich oft nur mit Mühe zu verbergen wußte. So sind wir Menschen; ich warf in meinem Herzen auf sie die Schuld von allem, was doch nur die Folge meiner eignen Schwäche war. Da führte Gott zu meinem Heil mich in Versuchung.

Es war eines Sonntags in der Hochsommerzeit. Wir machten eine Landpartie nach dem benachbarten Gebirgsdorfe, wo ein Verwandter der Familie wohnte. Die beiden Söhne mit ihrem Schwesterchen waren uns beiden Alten weit voraus; ihr Plaudern und Lachen war in dem Walde, durch den der Weg führte, schon ganz verschollen. Da machte meine Frau mir den Vorschlag, einen ihr bekannten Richtsteig entlang eines Steinbruches einzuschlagen, um so wo möglich den Jungen auf dem Hauptwege noch zuvorzukommen. ›Ich bin als Braut mit Martin hier gegangen‹, sagte sie, als wir seitwärts in die Tannen bogen; ›etwas weiterhin pflückten wir damals eine dunkelblaue Blume; ich möchte wissen, ob sie noch dort zu finden ist.‹

Nach kurzer Zeit hörte an unserer einen Seite der Wald auf, und der Fußweg lief nun dicht an dem Rande des abschüssigen Gesteins hin, während von der andern Seite sich Brombeerranken und anderes Gebüsch dicht herandrängte. – Meine Frau schritt rüstig vor mir auf. Ich folgte langsam und war bald in meine alten Träumereien versunken. Wie die verlorne Seligkeit lag die Heimat vor meinen Sinnen, und grübelnd, aber vergebens suchte ich nach einem Weg dahin. Nur wie durch einen Schleier sah ich, daß es nach dem Bruche zu ganz blau von Genzianen wurde und daß meine Frau sich ein Mal um das andere nach diesen Blumen bückte. Was kümmerte mich das alles! – Da hör ich plötzlich einen Schrei und sehe, wie sie mit den Händen in die Luft greift; ich sehe auch schon, wie unter ihren Füßen das Geröll sich löst und zwischen den Klippen fortpoltert, und zehn Schritt weiter abwärts steht der Fels lotrecht über dem Abgrund.

Ich stand wie gelähmt. Es brauste mir in den Ohren: ›Bleib; laß sie stürzen; du bist frei!‹ Aber Gott half mir. Nur einen Sekundenschlag, da war ich bei ihr; und mich über den Rand des Felsens werfend, ergriff ich ihre Hand und hatte sie glücklich zu mir heraufgezogen. ›Harre, mein guter Harre‹, rief sie weinend, ›schon wieder hat deine Hand mich vom Abgrund gerettet!‹

Wie glühende Tropfen fielen diese Worte in meine Seele. In all den Jahren war kein Wort der Vergangenheit über meine Lippen gekommen; zuerst aus jugendlicher Scheu, das Heiligste hinauszugeben, später wohl in dem unbewußten Bedürfnis, den innern Zwiespalt zu verhehlen. Jetzt plötzlich drängte es mich, alles ohne Rücksicht zu offenbaren. Und am Rande des Abgrundes sitzend, schüttete ich mein Herz aus vor der Frau, die ich kurz zuvor darin begraben gewünscht hatte. Auch das verschwieg ich ihr nicht. Sie brach in heftige Tränen aus; sie weinte über mich, über sich selbst, am lautesten klagte sie über Agnes. ›Harre, Harre‹, rief sie, aber sie legte ihren Kopf an meine Brust; ›das habe ich nicht gewußt, aber es ist nun zu spät, und niemand kann diese Sünde von uns nehmen!‹

Es war nun an mir, sie zu beruhigen; und erst mehrere Stunden später trafen wir in dem Dorfe ein, wo unsere Kinder uns schon längst erwartet hatten. Aber seit jener Zeit war meine Frau mit ihrem milden und gerechten Herzen meine beste Freundin und kein Geheimnis mehr zwischen uns. – So gingen die Jahre hin. Allmählich schien sie es vergessen zu haben, daß ich ihre und der Kinder Wohlfahrt mit einem fremden Glück bezahlt hatte, und auch in mir wurde es stiller. Nur wenn im Frühling die Schwalben wiederkamen, oder auch später im Jahr, wenn sie in der Dämmerung noch so allein von allen Vögeln ins Abendrot hineinsangen, dann überfiel's mich mit der alten Pein, und ich hörte noch immer die liebe junge Stimme, noch immer klang es mir in den Ohren: ›Vergiß das Wiederkommen nicht!‹

So war's auch heuer eines Abends. Ich saß vor unserer Haustür auf der Bank und blickte in den vergehenden Tagesschein, der durch eine Lücke der Straße über den jenseitigen Rebhügeln sichtbar war. Ein Töchterchen unseres jüngsten Sohnes war mir auf den Schoß geklettert und hatte es sich spielmüde in Großvaters Arm bequem gemacht. Bald fielen die kleinen Augen zu, und auch das Abendrot verschwand, aber drüben auf des Nachbars Dach saß noch im Dunkeln eine Schwalbe und zwitscherte leise wie von vergangener Zeit.

Da trat meine Frau aus dem Hause. Sie stand eine Weile schweigend neben mir, und als ich nicht aufblickte, fragte sie mich sanft: ›Alter, was ist dir?‹, und da ich nicht antwortete und nur der Vogelgesang aus der Dämmerung herübertönte: ›Ist's denn wieder einmal die Schwalbe?‹

›Du weißt's ja, Mutter‹, sagte ich, ›du hast ja allezeit mit mir Geduld gehabt.‹

Aber ich kannte sie noch nicht ganz; sie hatte mehr als das für mich. Sie legte beide Hände auf meine Schultern. ›Was meinst?‹ rief sie, indem sie mich mit ihren alten guten Augen anblickte. ›Wir können's jetzt ja leisten, du mußt die Agnes wiedersehen, du hättest ja sonst keine Ruh im Grab bei mir!‹

Ich war fast erschreckt durch diesen Vorschlag und wollte Einwendungen machen, sie aber sagte: ›Stell's Gott anheim!‹ – – Das hab ich denn getan; und so ist es gekommen, daß ich noch einmal heimkehre; aber wenn wir durchs Tor fahren, der alte Jakob wird wohl nicht mehr blasen.«

Mein Reisegefährte schwieg. Ich aber hielt nun nicht länger zurück, denn ich war im Innersten bewegt. »Ich kenne Sie«, sagte ich, »ich kenne Sie sehr wohl, Harre Jensen; auch Agnes kenne ich; sie hat viele Jahre im Hause meiner Großmutter gelebt, sie ist mir selbst wie meiner Mutter Mutter. Aus ihrem eignen Munde habe ich alles erfahren, auch das, was Sie verschwiegen haben.«

Der Alte faltete die Hände. »Großer, gnädiger Gott!« sagte er, »so lebt sie noch und kann mir noch vergeben!«

Mir ahnte wenig, daß ich eine Hoffnung angeregt hatte, deren Erfüllung schon im Reiche der Schatten lag. Ich erwiderte nur: »Sie kannte ihren Jugendfreund; sie hat ihn niemals angeklagt.« – Und nun erzählte ich. Er hörte in atemlosem Schweigen und nahm begierig jedes Wort von meinen Lippen.

Da klatschte der Postillion mit seiner Peitsche. Der stumpfe Turm unserer Vaterstadt war am Horizonte aufgetaucht. Als ich mit dem Finger dahin wies, faßte der Alte meine Hand. »Mein junger Freund«, sagte er, »ich zittre vor der nächsten Stunde.«

Nicht lange, so rasselte unser Wagen über das Steinpflaster der Stadt. Bei dem schönen Herbstwetter waren viele Leute auf den Straßen, und da ich lange fort gewesen, so erhielt ich als allbekanntes Stadtkind fortwährend lebhafte Grüße von den Vorübergehenden. Den fremden Greis an meiner Seite streifte höchstens ein Blick der Verwunderung oder wohl auch der Neugierde. Endlich hielten wir am Gasthofe, und hier dachte ich für heute von meinem Freunde Abschied zu nehmen, denn er wünschte, seinen ersten Gang nach St. Jürgen allein zu machen.

Ein paar Minuten später war ich zu Hause, umringt von Eltern und Geschwistern. »Alles wohl?« war meine erste Frage.

»Du siehst es, hier ist alles gesund«, erwiderte meine Mutter, »sonst aber – eine findest du nicht mehr.«

»Hansen!« rief ich; denn an wen anders hätte ich denken sollen.

Meine Mutter nickte. »Aber was erschreckt dich so, mein Kind? Ihre Jahre waren daher; heut in der Frühe ist sie in meinen Armen sanft entschlafen.«

Ich erzählte, wen ich mitgebracht, in fliegenden Worten, und während alle noch tief erschüttert standen, verließ ich ohne meine Kleider zu wechseln, das Haus; jetzt durfte ich den alten Mann nicht allein lassen. Ich ging zuerst nach dem Gasthofe und, nachdem ich dort erfahren, daß er fort sei, gradeswegs die Straße hinauf nach St. Jürgen.

Als ich dort anlangte, sah ich den Spökenkieker, den der Tod zu verschmähen schien, mitten auf der Straße vor dem Stiftshause stehen. Die Hände auf dem Rücken, wiegte er sich behaglich in den Knien, während er unter dem breiten Schirme seiner Mütze nach dem einen Giebel hinaufstierte. Als ich mit den Augen der Richtung folgte, sah ich dort auf den obersten Treppen, ja sogar auf der Glocke, die oben in der durchbrochenen Mauer hing, eine große Menge Schwalben eine neben der andern sitzen, während einzelne um sie her schwärmten, sich hoch in die Luft erhoben und dann wieder schreiend und zwitschernd zu ihnen zurückkehrten. Einige von diesen schienen neue Gefährten mitzubringen, die dann neben den andern auf den Mauerzinnen Platz zu finden suchten.

Es hielt mich unwillkürlich fest. Ich sah es wohl, sie rüsteten sich zur Reise; die Sonne der Heimat war ihnen nicht mehr warm genug. – Der alte Mensch neben mir riß die Mütze vom Kopf und schwenkte sie hin und her. »Husch!« lallte er, »fort mit euch, ihr Sakermenters!« – Aber noch eine Weile dauerte das Schauspiel dort oben auf dem Giebel. Da plötzlich, wie emporgeweht, erhoben sich sämtliche Schwalben fast senkrecht in die Luft, und in demselben Augenblick waren sie auch schon spurlos in dem blauen Himmelsraum verschwunden.

Der Spökenkieker stand noch und murmelte unverständliche Worte, während ich durch den dunkeln Torweg in den Hof des Stiftes ging. – Der eine Fensterflügel von Hansens Stube stand wie einstens offen; auch das Schwalbennest war noch da. Zögernd stieg ich die Treppe hinan und öffnete die Stubentür. Da lag meine alte Hansen friedlich und still; das Leintuch, womit man sie bedeckt hatte, war zur Hälfte zurückgeschlagen. Auf der Kante des Bettes saß mein Reisegefährte, aber seine Augen waren über den Leichnam weg auf die nackte Wand gerichtet. Ich sah es wohl, dieser starre Blick ging über eine leere ungeheure Kluft; denn am jenseitigen Ufer stand das unerreichbare Luftbild seiner Jugend, das jetzt mit reißender Schnelle in Dunst zerfloß.

Ich hatte mich, anscheinend ohne von ihm bemerkt zu werden, in den Lehnstuhl an das offene Fenster gesetzt und betrachtete das leere Schwalbennest, aus dem noch die Halme und Federn hervorsahen, die einst der nun flügge gewordenen Brut zum Schutze gedient hatten. Als ich wieder ins Zimmer blickte, war der Kopf des alten Mannes dicht über dem der Leiche. Er schien wie sinnverwirrt dies eingefallene Greisenantlitz zu betrachten, das mit dem drohenden Ernst des Todes vor ihm lag. »Könnte ich nur einmal noch die Augen sehen!« murmelte er. »Aber Gott hat sie zugedeckt.« Dann, als müsse er es sich beweisen, daß sie es dennoch selber sei, nahm er eine Strähne des grauen glänzenden Haares, das zu beiden Seiten vom Haupte auf das Leintuch herabfloß, und ließ es liebkosend durch seine Hände gleiten.

»Wir sind zu spät gekommen, Harre Jensen«, rief ich schmerzlich.

Er blickte auf und nickte. »Um funfzig Jahre«, sagte er, »das Leben ist auch so vergangen.« Dann, während er langsam aufstand, schlug er das Laken zurück und deckte es über das stille Antlitz der Toten.

Ein Windstoß fuhr gegen das Fenster. Mir war, als höre ich von draußen, fern aus der höchsten Luftströmung, darin die Schwalben ziehen, die letzten Worte ihres alten Liedes:

> Als ich wiederkam, als ich wiederkam,
> War alles leer.

261

Draußen im Heidedorf

Es war an einem Herbstabend; ich hatte in der Amtsvogtei ein paar am Mittage eingebrachte Holzfrevler vernommen und ging nun langsam meinem Hause zu. Die Gaserleuchtung war derzeit für unsere Stadt noch nicht erfunden; nur die kleinen Handlaternen wankten wie Irrlichter durch die dunklen Gassen. Einer dieser Scheine aber blieb unverrückt an derselben Stelle und zog dadurch meine müßigen Augen auf sich.

Als ich näher gekommen war, sah ich vor dem Wirtshause, wo damals die nach Ost belegenen Dörfer ihre Anfahrt hatten, noch einen angeschirrten Bauerwagen halten; der alte Hausknecht stand mit der Stalleuchte daneben, während die Leute sich zur Abfahrt rüsteten.

»Macht fertig, Hinrich!« sprach es vom Wagen herab; »Ihr habt nun genug gealbert! Carsten Krügers und Carsten Deckers Frau warten alle beid auf ihre Stunde; es läßt mir nicht Ruh mehr.« – Die etwas ältliche Stimme kam von einer breiten, anscheinend weiblichen Person, welche, in Tücher und Mäntel eingemummt, unbeweglich auf dem zweiten Wagenstuhle saß.

Ich war unwillkürlich an der Ecke der hier abgehenden Querstraße stehengeblieben. Wenn man stundenlang gearbeitet hat, so sieht man gern einmal die andern Menschen eine Szene vor sich abspielen, und der Knecht hielt die Leuchte hoch genug, daß ich alles bequem betrachten konnte.

Neben einer jugendlichen Frauengestalt, deren Wuchs sich auffallend von der gedrungenen Statur unserer gewöhnlichen Landmädchen unterschied, stand ein junger Bauer, dessen blondes krauses Haar unter der Tuchmütze hervorquoll; in der einen Hand hielt er Zügel und Peitsche, mit der andern hatte er die Lehne eines hölzernen Stuhles gefaßt, der zum Auftritt an den Wagen gerückt war. Es lag etwas Brütendes in dem Gesichte des jungen Menschen; der breite Stirnknochen trat so weit vor, daß er die Augen fast verdeckte. »Komm, Margret, steig nun auf!« sagte er, indem er nach der Hand des Mädchens haschte.

Aber sie stieß ihn zurück. »Ich brauch dich nicht!« rief sie. »Paß du nur deine Braunen!«

»So laß doch die Narrenspossen, Margret!«

Auf diese mit kaum verhehlter Ungeduld gesprochenen Worte wandte sie den Kopf. Bei dem Schein der Leuchte sah ich nur den unteren Teil des Gesichtes; aber diese weichen blassen Wangen waren schwerlich jemals dem Wetter der ländlichen Saat- und Erntezeit preisgegeben gewesen; was mir besonders auffiel, waren die weißen spitzen Zähne, die jetzt von den lächelnden Lippen bloßgelegt wurden.

Sie hatte dem jungen Menschen auf seine letzten Worte nichts erwidert; aber nach der Haltung des Kopfes konnte ich annehmen, daß ihre Augen jetzt die Antwort gaben. Zugleich trat sie leis mit einem Fuße auf den Holzstuhl, und als er sie nun umfaßte, ließ sie sich weich an seine Schulter sinken, und ich bemerkte, wie ihre Wangen eine Weile aneinander ruhten. Ich sah aber auch, wie er sie nach dem vorderen Wagensitze hinzudrängen suchte; allein sie entschlüpfte ihm und hatte sich im Augenblick auf dem zweiten Stuhl neben der dicken Frau zurechtgesetzt, die jetzt wieder ein »Mach fertig, Hinrich, mach fertig!« aus ihren Tüchern herausrief.

Der junge Bauer blieb noch wie unentschlossen an dem Wagen stehen. Dann zupfte er dem Mädchen an die Kleider: »Margret!« stieß er dumpf hervor, »setz dich nach vorne, Margret!«

»Viel Dank, Hinrich!« erwiderte sie laut; »ich sitz hier gut genug.«

Der junge Mensch riß heftiger an ihren Kleidern. »Ich fahr nicht ab, Margret, wenn du nicht bei mir sitzen willst!«

Jetzt bog sie sich über den Rand des Sitzes zu ihm herab; ich sah ein Paar dunkle Augen in dem blassen Antlitz blitzen, und die weißen Zähne wurden wieder sichtbar zwischen den üppigen Lippen. »Willst du dich schicken, Hinrich!« sprach sie leise, fast wie mit verheißender Zärtlichkeit; »oder sollen wir ein andermal mit Hans Ottsen zur Stadt fahren? Er hat mich oft genug darum geplagt.«

Der junge Mann murmelte etwas, das ich nicht verstand; dann sprang er ungestüm zwischen die Pferde durch auf den vorderen Wagensitz, knallte ingrimmig mit der Peitsche und riß in die Zügel, daß die Braunen sich steil in die Höhe bäumten. Und gleich darauf, unter dem Aufschrei der Frauen, rasselte das Gefährt in die Nacht hinaus, daß der Holzstuhl, vom Rade getroffen, zertrümmert auf das Pflaster stürzte und der alte Hausknecht mit einem »Gott bewahr uns in Gnaden!« zurücktaumelte und dann scheltend mit seiner Leuchte durch die Haustür verschwand.

Wie ein Schattenspiel war alles vorüber; und nachdenklich setzte ich meinen Weg nach Hause fort.

Etwa ein halbes Jahr danach wurde in der Amtsvogtei der Tod des Eingesessenen Hinrich Fehse zur Anzeige gebracht, der in einem der Ostdörfer eine große, aber, wie mir bekannt war, stark verschuldete Bauernstelle besaß. Da er außer seiner Witwe und einem mündigen Sohne gleichen Namens zwei unmündige Kinder hinterließ, so mußte die Masse in gerichtliche Behandlung genommen werden. Zum Vormund der Unmündigen wurde, in Ermangelung naher Verwandten, auf den Wunsch der Witwe der frühere Küster des Dorfes bestellt; ein Mann, der während seiner Amtsführung sich weniger um die ihm anvertraute Jugend als um seinen schon derzeit nicht geringen Landbetrieb bekümmert hatte, seit Niederlegung des Amtes aber seinen einstigen Schülern um so mehr in allen Vorkommnissen des Lebens mit seinem oft nur allzu weltklugen Rat zur Seite stand.

324 Als ich am Tage der Erbregulierung in die Gerichtsstube trat, fand ich den gewichtigen Mann schon in eifriger Durchsicht der Dokumente neben dem Pulte des Gevollmächtigten sitzen. Nachdem er mich durch seine runden Brillengläser erkannt hatte, strich er bedächtig die Seitenhärchen über seinen kahlen Scheitel und stand dann auf, um mich mit der ihm eigenen Würde zu begrüßen. Zugleich wies er auf einen jungen Menschen, der sich bei meinem Eintritt gleichfalls von einem Stuhl erhoben hatte, und sagte: »Das hier, Herr Amtsvogt, ist Hinrich Fehse, der älteste Sohn des Verstorbenen.«

Mir war in diesem Augenblick, als sei ich diesem eckigen Kopfe schon sonst einmal begegnet; nur über das Wie und Wo konnte ich nicht ins reine kommen. Aber wohl niemals hatte ich auf einem jugendlichen Antlitz einen solchen Ausdruck gleichgültiger Verdrossenheit gesehen; die grauen tiefliegenden Augen schienen es kaum der Mühe wert zu halten, die Wimpern zu mir aufzuheben.

Drüben an der Wand saß eine alte Bäuerin mit harten Zügen und dunkeln Augenbrauen, das graue Haar unter das schwarze Käppchen zurückgestrichen; sie saß unbeweglich und hielt ihre Hände mit dem Sacktuch auf der blaugedruckten Leinwandschürze. Das war die Witwe des verstorbenen Hufners Hinrich Fehse.

Es war mir darum zu tun, die etwas verwickelte Angelegenheit zunächst mit dem Küster allein zu besprechen, und ich trat deshalb mit ihm in mein nebenan liegendes Arbeitszimmer.

»Die Stelle wird sich schwerlich für die Familie halten lassen«, sagte ich, zugleich das Inventurprotokoll der Masse vor ihm aufschlagend; »wir werden leider zum Verkauf genötigt sein.«

Der Küster sah mich mit seinen runden Augen an. »Das bin ich nicht der Meinung!« sagte er dann im gewichtigen Schulton.

Ich wies auf die lange Reihe der im Protokoll verzeichneten Schulden. »Wenn das Altenteil der Witwe noch dazukommt, so wird dem Annehmer der Stelle nicht genug bleiben, um auch noch die Erbteile der Geschwister auszukehren.«

»Das allerdings nicht!« Und der würdevolle Mann klemmte die fleischigen Lippen ein und blickte auf mich mit einer Sicherheit, als ob er das Gegenmittel schon fix und fertig in der Tasche hätte.

»Und trotz dessen«, fragte ich wieder, »wollen Sie ihn die große Hufe übernehmen lassen?«

»Das wäre so meine Meinung!«

»Und das Geld, woher wollen Sie das bekommen?«

»Dafür müßte freilich schon gesorgt sein!« Und er nannte die Tochter eines wohlhabenden Hufners aus demselben Dorfe. »Gestern«, fuhr er fort, »haben wir bereits den Verspruch gefeiert, und die Fehsesche Stelle kann nun von den beiden jungen Leuten gemeinschaftlich übernommen werden.«

Der Küster legte die Hände auf den Rücken und erwartete gehobenen Hauptes den Ausdruck meiner Bewunderung. Mir aber war es unter dieser Eröffnung plötzlich klargeworden, wo ich dem jungen Hinrich Fehse schon begegnet sei. Ich sah ihn wieder neben jenem gefährlichen Mädchen am Wagen stehen und hörte ihn sein düsteres »Margret, Margret!« ausstoßen. – »Mir ist«, sagte ich endlich, »als hätte ich Ihren Bräutigam schon auf anderen Wegen getroffen! Hat etwa die Hebamme Ihres Dorfes eine besonders hübsche Tochter?«

»Also das wissen Herr Amtsvogt auch schon!« erwiderte etwas überrascht der Küster. »Nun, wir haben das Mädchen sechs Meilen weit in die Stadt als Nähjungfer vermietet, und morgen geht sie dahin ab. Mit solider Bauernarbeit hat die Mamsell sich doch ihr Lebtag nicht befassen mögen.«

Ich mußte lachen. »Und wie haben Sie denn das nur wieder fertiggebracht?«

Das selbstzufriedene Lächeln im Gesichte des Küsters zuckte so tief, als es die starken Wangen zuließen. »Mit Erlaubnis, Herr Amtsvogt, für

Geld kann man den Teufel tanzen lassen, warum denn nicht ein altes Weib!«

»In der Tat, Sie haben mehr als recht; und die Tochter der Hebamme ist voraussetzlich ohne Mittel?«

»Mit dem glatten Gesicht, Herr Amtsvogt, konnte uns nicht gedient sein, und sonst ist nichts da, was sie hätte in die Wirtschaft bringen können. Überdies«, und er stimmte seinen Ton zu vertraulichem Flüstern, »ihr Großvater war ein Slowak von der Donau und, Gott weiß wie, bei uns hängengeblieben; dazu die alte Hebamme mit ihrem Kartenlegen und Geschwulstbesprechen, womit sie den Dummen die Schillinge aus der Tasche lockt – das hätte übel gepaßt in eine alte Bauernfamilie!«

»Und hat sich denn Ihr Hinrich so leicht von jenem Mädchen trennen lassen?« fragte ich noch einmal.

Der Küster setzte seinen weltklugen Kopf in Positur. »Wenn ich es geradheraus sagen soll«, erwiderte er ausweichend, »es war noch ganz die Frage, ob die Dirne ihn genommen hätte; da sind noch andere, die sie hinter sich herzieht und die schwerer ins Gewicht fallen. Die junge Frau aber wird nicht mit ihm betrogen, denn das muß ihm jeder lassen, ein Bauer ist er aus dem Fundament!«

Unsere Unterredung war zu Ende. Von Gerichts wegen war gegen den gemachten Vorschlag nichts einzuwenden; im Gegenteil, alle Schwierigkeiten wurden dadurch wie von selbst gelöst.

– – Als wir wieder in die Gerichtsstube traten, hatte sich dort inzwischen auch die Braut mit ihrem Vater eingefunden. Sie mußte fast um zehn Jahre älter sein als der ihr bestimmte Bräutigam; das Gesicht war wohlgeformt, aber reizlos, wie es bei denen zu sein pflegt, die schon mit ihrer Kinderseele um den Erwerb gerechnet haben; das fahlblonde Haar zeigte deutlich, daß es ungeschützt allem Wetter und Sonnenbrand ausgesetzt wurde. Ihr gegenüber an der andern Wand saß jetzt der Bräutigam; den Kopf gesenkt, die Hände zwischen den gespreizten Beinen vor sich hin gefaltet. – Bei den nun folgenden Verhandlungen zeigte er sich mit allem einverstanden; ein dürftiges »Ja« oder »Nein« oder »Das muß ja denn wohl sein« war indessen alles, womit er diese Zustimmung ausdrückte; dabei fuhr er mit dem Rücken der Hand ein paarmal über seine Stirn, als wenn es dort etwas fortzuwischen gäbe. Endlich, als mit sämtlichen Beteiligten alles besprochen und das Vereinbarte zu Papier gebracht war, erfolgte, wie Rechtens, die Unterschrift des Protokolls.

Auch Hinrich Fehse, als an ihn die Reihe kam, trat an das Pult des Gevollmächtigten und malte in steilen, widerhaarigen Buchstaben seinen Vornamen unter die Verhandlung; dann aber setzte er mit einem tiefen Atemzug die Feder ab und starrte unbeweglich vor sich hin. Vor seinem innern Auge mochte jetzt ein üppiger Mädchenkopf erscheinen; vielleicht flog gar der erschütternde Gedanke durch sein Gehirn, den Bann des alten bäuerlichen Herkommens zu durchbrechen. Aber der Küster, der ihn während der ganzen Verhandlung nicht aus den Augen gelassen hatte, trat jetzt, die Hände in den Taschen, zu ihm heran und sagte ruhig: »Bloß deinen Namen, Hinrich; bloß deinen Namen!«

Und Hinrich, wie von der eisernen Notwendigkeit am Draht gezogen, malte nun auch sein »Fehse« in denselben steilen Zügen noch dahinter.

»Actum ut supra« und Sand darauf; die Sache war erledigt. Hinrich Fehse verließ das Gericht als ein gemachter Mann; mit der Frau hatte er das Betriebskapital für die Hufe in Händen; wenn er als Bauer seine Schuldigkeit tat, so konnte es ihm nicht fehlen. – Und bald auch hörte ich, daß die Hochzeit mit allem Pompe bäuerlichen Herkommens gefeiert worden sei.

Der Eindruck, den diese Vorgänge mir gemacht hatten, war allmählich verblaßt. Anfänglich hatte ich wohl darauf geachtet, wenn an Markttagen der junge Bauer mit seiner Frau an mir vorüberfuhr; von der letzteren hatte ich dann auch wohl ein Kopfnicken bekommen, während er selbst, ohne sich umzuwenden, auf seine Pferde peitschte. Dann, geraume Zeit nachher, da es schon spät am Abend war, hatte ich ihn einmal in dem erleuchteten Hausflur jenes Wirtshauses an der Ecke gesehen; es war mir auch damals wohl durch den Kopf gegangen: ›Was hat denn der wieder so spät in der Stadt zu tun!‹ Weitere Gedanken hatte ich mir darüber nicht gemacht. Da es war wieder einmal Herbst geworden, der November stand schon vor der Tür – ging ich bei der Rückkehr von einer Morgenwanderung durch die Neustadt, wo eben Pferdemarkt gehalten wurde. Die edlen Tiere standen wie gewöhnlich zu beiden Seiten der Straße vor den Häusern angebunden, und ich drängte mich eben durch einen Haufen von Käufern und Verkäufern und vergnügter Stadtjugend, als mir von einem Hause ein lautes Rufen und Händeschlagen entgegenschallte. Im Näherkommen erkannte ich Hinrich Fehse, der mit einem jütischen Bauern in eifrigem Handeln begriffen war. Den

Gegenstand, wie mir bald klar wurde, bildeten zwei höchst elend aussehende Pferde, die mit gesenktem Kopf danebenstanden, indes der Jüte den Schweif des einen Tieres lobpreisend zur Seite riß.

»Ja, ja«, sagte der andere, ohne auch nur hinzusehen; »die Schindmähren sind just gut genug.«

»Hundertunddörtig für die beiden!« rief der Jüte wieder.

Aber Hinrich zog seine Hand zurück. »Hundertundzwanzig«, sagte er düster; »keinen Schilling mehr.«

Und klatschend fielen die Hände ineinander. Hinrich Fehse schnallte seine lederne Geldkatze los, zahlte dem andern die harten Taler in die Hand und rüstete sich dann, die erhandelten Tiere von dem Rickwerk loszubinden.

Im Weitergehen, wo ich über den Eindruck des Gesehenen zum deutlicheren Bewußtsein kam, wollte mich bedünken, als ob der junge Bauer seit unserer letzten Begegnung, wie man bei uns sagt, bös verspielt habe. Das Gesicht war scharf und mager geworden, und die ohnehin kleinen Augen waren unter der vortretenden Stirn fast verschwunden; überhaupt, der an sich gewöhnliche Vorgang hatte mir jetzt etwas Auffallendes, so daß ich nicht umhin konnte, mich später beim Eintritt in die Gerichtsstube gegen meinen landkundigen Gevollmächtigten darüber auszusprechen.

Der alte Aktenmann machte vom Pultbock herab seine bedenklichste Handbewegung.

»So«, sagte ich; »die Sachen stehen also schlecht?«

»Gar nicht stehen sie!« erwiderte er. »Seit einem halben Jahr ist die Margret wieder im Dorf, und seitdem sitzt auch der Fehse fast alle Abend bei den Hebammensleuten; sogar in die Stadt ist er ihr nachgelaufen, als sie um Pfingsten in der Anfahrt hier zu nähen saß. Und dabei verkauft er, was los und fest ist, Futter und Saatroggen, so daß zum Winter wohl die leeren Scheunen nachbleiben werden; heut haben nun sogar die schönen braunen Wallachen daran glauben müssen wissen, Herr Amtsvogt, die im Inventar zu fünfhundert Taler taxiert waren –, und statt dessen hat er sich die jütschen Kracken eingehandelt. Dafür aber promeniert draußen im Dorf das Hebammenfräulein in seidenen Jacken und goldenen Vorstecknadeln; mag auch wohl manche Tonne Fehseschen Hafers an ihrem Leibe tragen!« Und der Alte nahm eine große Prise.

»Am Ende auch noch die beiden Wallachen, Brüttner!«

Der kleine graue Mann steckte die Feder hinters Ohr und segelte auf seinem Drehbock vollends zu mir herum. »Nun«, sagte er schmunzelnd, »wohin der Überschuß seinen Weg nimmt, das wäre wohl nicht schwer zu raten!«

»Und woher wissen Sie das alles so genau?«

Brüttner wollte eben antworten, als der Amtsdiener in die Stube trat: »Der Herr Küster ließen grüßen, heut könne er nicht wieder vorkommen; aber nächsten Donnerstag, und da wolle er die beiden Fehseschen Weiber gleich mit aufs Amt bringen.«

»Also der Küster ist hiergewesen?« fragte ich.

»Hm, freilich«, versetzte Brüttner; »und er meinte, nach den letzten Passagen wär's doch am besten, wenn die Frauen den Fehse unter Kuratel stellen ließen; er würde dem Herrn Amtsvogt schon alles auseinandersetzen.«

Bevor jedoch der Küster diesen kühnen Plan in Angriff nehmen konnte, wurde mir - es war an einem Mittwoch - von dem Bauervogt des Dorfes die schriftliche Anzeige gemacht, daß der Eingesessene Hinrich Fehse seit letztem Sonntagabend verschwunden sei. Die Meinung einiger gehe dahin, daß er mit dem neulich aus einem Pferdehandel gewonnenen Gelde auf einem Auswandererschiff von Hamburg fortgegangen sei; andere dagegen hegten die Befürchtung, er könne sich ein Leides angetan haben. Außer dem bekannten Verhältnis mit der Tochter der Hebamme sei ein besonderes Ereignis, welches sein Verschwinden erklären könne, nicht bekannt geworden. Übrigens hätten die angestellten Nachforschungen bis jetzt keinen Erfolg gehabt. -

- - Ich beschloß sofort, noch am Nachmittage die Sache an Ort und Stelle zu untersuchen. - Um desto unbehinderter zu sein, verzichtete ich auf einen Protokollführer und nahm nur den Amtsdiener als Begleitung mit. Wir fuhren auf einem offenen Wagen; denn es war ein milder Herbsttag, wie uns deren in unserer Gegend immer einige vor dem entschiedenen Eintritt des Winters beschert zu werden pflegen. Die lebendigen Hecken, welche wir während der ersten Stunde zu beiden Seiten des Weges hatten, trugen noch einen Teil ihres Laubes; hie und da zwischen Hasel- und Eichenbusch drängte sich ein Spillbaum vor, an dessen dünnen Zweigen noch die roten zierlichen Pfaffenkäppchen schwebten. Meine Augen begleiteten im Vorüberfahren das ebenso sanfte als schwermütige Schauspiel, wie fortwährend unter dem noch warmen Strahl der Sonne sich gelbe Blätter lösten und zur Erde sanken, zumal wenn vor dem Schnauben unserer Pferde eine verspätete Drossel, ihren Angstschrei ausstoßend, durch die Büsche flatterte.

Aber die Gegend wurde anders; die bewachsenen Wälle mit den bebauten Feldern dahinter hörten auf. Statt dessen fuhren wir hart am Rande des sogenannten »Wilden Moors« entlang, das sich derzeit, so weit der Blick reichte, nach Norden hinauszog. Es schien hier, als sei plötzlich der letzte Sonnenschein, der noch auf Erden war, von dieser düsteren Steppe eingeschluckt worden. Zwischen dem schwarzbraunen Heidekraut, oft neben größeren oder kleineren Wassertümpeln, ragten einzelne Torfhaufen aus der öden Fläche; mitunter aus der Luft herab kam der melancholische Schrei des großen Regenpfeifers, der einsam darüber hinflog. Das war alles, was man sah und hörte.

Mir kam in den Sinn, was ich einst – ich meine über die noch von dem slawischen Urstamm bewohnten Steppen an der unteren Donau – gelesen hatte. Dort aus den Heiden erbebt sich in der Dämmerung ein Ding, das einem weißen Faden gleicht und das sie dort den »weißen Alp« nennen. Es wandert gegen die Dörfer, es stiehlt sich in die Häuser, und wenn die Nacht gekommen ist, legt es sich an den offenen Mund der Schlafenden; dann schwillt und wächst der anfänglich dünne Faden zu einer schwerfälligen Ungestalt. Am Morgen darauf ist alles verschwunden; aber der Schläfer, der dann die Augen auftut, ist über Nacht blödsinnig geworden; der weiße Alp hat ihm die Seele ausgetrunken. Er bekommt sie nimmer wieder; weit auf die Heide hinaus in feuchte Schluchten, zwischen Moor und Torf, hat das Unwesen sie verschleppt.

Nicht der weiße Alp war hier zu Hause; aber zu andern, nicht minder unheimlichen Dingen verdichteten sich auch die Dünste dieses Moors, denen manche, besonders der älteren Dorfbewohner, nachts und im Zwielicht wollten begegnet sein.

An der südlichen Grenze desselben lag unser Reiseziel, das Dorf, dessen spitzer Turm und schwarze Strohdächer schon lange vor uns sichtbar gewesen waren. – Als wir endlich anlangten, ließ ich zunächst vor dem Hause des alten Küsters halten, um durch diesen etwas Näheres über die Verhältnisse im Fehseschen Hause zu erfahren. Ich traf ihn mit seinem Knechte beim Aufladen des Düngers beschäftigt, im blauwollenen Futterhemd, die Furke in der Hand; doch war er deshalb nicht weniger würdevoll, als er erst seinen »Goldhaufen« mit der ebenen Erde vertauscht hatte. »Ich will's Ihnen sagen, Herr Amtsvogt«, hub er an, nachdem er zuvor seine Sprachwerkzeuge durch ein paar Ansätze fetten Hustens in Bereitschaft gesetzt hatte, »wem nicht zu raten ist, dem ist auch nicht zu helfen! Dieser Hinrich hat mit Gewalt sein Glück nicht erkennen wollen; Gott weiß, ob's mit der Kuratel noch zu kurieren ist!«

Wir waren unterdessen in das Haus und in die Wohnstube getreten. Hinter dem Ofen, in welchem trotz der milden Witterung ein Feuer brannte, saß ein kränklich aussehendes Mütterchen, fast verdeckt von einer großen Wollenstrickerei, die sie mit ihren mageren Fingern handhabte. Sie entschuldigte sich klagend, daß sie wegen ihrer Kreuzschmerzen nicht vom Lehnstuhl aufkönne, um mich zu begrüßen; dann klinkte sie von ihrem Sitze aus die daneben befindliche Küchentür auf und rief mit scharfer Stimme: »Kathrin! Setz den Kessel auf, Kathrin!« Und zugleich hörte ich auch draußen den Dreifuß auf den Herd werfen und im Feuerloch rumoren.

Die Frau Küsterin klappte die Tür wieder zu und strickte weiter; aber ihre kleinen matten Augen folgten unablässig, während ich mit ihrem Eheherrn im Gespräche auf und ab wandelte.

»Wenn's erlaubt ist zu reden, Herr Amtsvogt«, sagte sie endlich, ihr Strickzeug von sich schiebend; »es hat schon einen Vorspuk gegeben; dazumal, als mein Mann hier noch im Amte war. – Ich hab die Rosen so gern«, fuhr sie hüstelnd fort; »es sollte just am andern Tage das Ringlaufen für die Schule sein, und abends dann, mit hoher Erlaubnis, die Tanzlustbarkeit im Kruge; da waren auf einmal alle meine Rosen abgerissen. Ich wußte wohl gleich, wo mein Spitzbube zu suchen war; aber bei unserm Vater in der Schule hat's der Hinrich so zu drehen gewußt, daß das Strafrohr auf seinen Rücken gefallen ist. Und die Dirne saß mausestill dabei und guckte in ihr Gesangbuch.«

»Aber Mutter«, versuchte der Küster einzureden, »so erzähl doch dem Herrn Amtsvogt nicht die alten Kindergeschichten!«

»Meinst du, Vater?« versetzte sie. – »Sie standen beide vor der Konfirmation; es ist nur *ein* Faden, und der läuft bis heute hin.«

Ich bat höflich um die Fortsetzung des Berichtes.

Das Mütterchen nickte. »Ich hatte damals noch meine Gesundheit, Herr Amtsvogt«, begann sie wieder; »aber als ich andern Abends mit der Frau Pastorin nur kaum in den Tanzsaal getreten war, so sah ich auch schon, daß der Hinrich seinen Willen hatte; denn in dem Kranze, den die Slowakendirne auf ihren schwarzen Haaren trug, saßen richtig meine roten Rosen; und herumgeschwenkt hat sie sich auch mit ihm, daß dem hölzernen Jungen der Schweiß von den Backen rann.

Nun, nun, Vater!« unterbrach sie sich, als der Küster zu einer neuen Bemerkung anhub. »Ich weiß wohl, die Freude dauerte nicht lang; ich will's dem Herrn Amtsvogt alles schon erzählen. Es war nämlich einer unter den größeren Jungen, der nicht wie die andern in das Hebammenmädchen vernarrt war, obschon sie sich genug um ihn zu tun machte; und das war der Sohn von dem reichen Klaus Ottsen hier! – Als eben die Musikanten zu einem neuen Walzer aufspielten, kommt der anstolziert, in seiner blauen Jacke mit Perlmutterknöpfen, die silberne Uhrkette über der Weste, und sieht sich unter den Dirnen um, als wenn sie nur alle so für ihn zu Kauf stünden. Er war aber auch ein schlanker, braunhaariger Junge und hat noch heute so was Stolzes an sich. – Vor Hinrich und Margret, die eben wieder in die Reihe treten wollten, blieb er stehen und sah höhnisch auf sie herab. ›Hehler und Stehler?‹ sagte er lachend. ›Der Rosenhinrich und die Slowakenmargret? Ihr macht ein sauberes Paar zusammen!‹ – Die Dirne glotzte ihn an mit ihren schwarzen Augen. ›Läßt d' mich schimpfen, Hinrich?‹ rief sie. Und im Handumdrehen hatte auch mein Ottsen seine zwei Faustschläge in den Nacken. ›Das für die Slowakenmargret! Und das für den Rosenhinrich!‹ – Und dabei fiedelten die Musikanten, und die Kinder tanzten und stolperten über den Hans, der sich eben vom Fußboden wieder aufsammelte; und in all dem Lärm hör ich die Stimme unseres Herrn Pastors und sehe auch, wie er den Hinrich am Kragen hat und ihn gegen den Türpfosten stellt. ›Daß du es weißt, Fehse!‹ hör ich ihn noch sagen; ›mit dem Tanzen ist es heute abend aus für dich!‹ – Da stand er nun und biß sich die Lippen blutig, und die Margret reckte ihren Schwarzkopf auf und schaute durch den Saal nach einem andern Tänzer aus. – – 's ist aber ein wunderlich Ding, das Menschenherz, Herr Amtsvogt! Schon lange hatt ich gesehen, daß Hans Ottsen dastand, als wenn er die Dirne mit den Augen verschlingen wollte; und es hilft einmal nicht, die gestohlenen Rosen ließen ihr verwettert gut zu ihrem feinen, unverschämten Stumpfnäschen. Und richtig! Sie hatte nun auch den am Band. ›Was meinst, Margret?‹ sagte ganz kleinlaut der Hans Hoffart; ›willst jetzt mit mir halten heute abend?‹ – Erst, als er nach ihrer Hand griff, stieß sie ihn vor die Brust und tat wild wie 'ne Katze; aber als sie merkte, daß es Ernst war, ward sie auch ebenso geschmeidig und lacht' und wies ihre weißen Zähne und tanzte mit ihrem schmucken Hans an dem armen

Burschen vorüber, als hätte es für sie nimmer einen Hinrich Fehse auf der Welt gegeben. Der aber stand noch immer wie angenagelt auf seinem Posten; nur seine kleinen Augen fuhren hinter den beiden her; es war ein Glück, daß sie nicht mit Flintenkugeln geladen waren!

Was weiter im Saal passiert ist«, fuhr die Erzählerin fort, nachdem sie eine Weile Atem geschöpft hatte, »das hab ich nicht gesehen; die Frau Pastorin holte mich nach der Hinterstube, wo unsere Männer sich zu ihrem Kartenspiel gesetzt hatten. Die Zeit verging; es war eben Feierabend geboten, ich stand just am Fenster und hörte nach den Wildgänsen droben in der Luft, denn es war eine milde Nacht, und das Getier flog über die Heide nach dem Haff – da auf einmal hieß es: ›Wo ist Hinrich Fehse?‹ – Ja, Hinrich Fehse war nicht da. – ›Ich sah ihn draußen im Weg‹, meinte einer; ›er wird nach Haus gelaufen sein.‹ – Aber die Mutter kam gejammert; zu Hause war er auch nicht. – Der alte Hinrich Fehse, ein Querkopf trotz seinem Jungen, stand vorn im dicken Haufen in der Schenkstube und stieß sein Glas auf den Tisch, daß er nur noch den Fuß in der Hand behielt, und räsonierte auf den Herrn Pastor; er lasse seinen Jungen nicht kujonieren, wenn er ihn auch nicht wie die reichen Bauern mit Uhrketten und Perlmutterknöpfen besetzen könne; nein, zum Teufel, das leide er nicht!

Ich war in den Tanzsaal zurückgegangen, wo eben die Musikanten ihre Fiedeln in die Ledersäcke steckten. Da stand noch die Hebammendirne mit Hans Ottsen auf der leeren Diele; sie allein schien alles das nicht anzufechten. ›Nun, Margret‹, fragte ich, ›weißt du denn nicht, wo der Hinrich abgeblieben ist?‹ – ›Ich? – Nein!‹ sagte sie kurz, zog einen ihrer kleinen Schuhe aus und zupfte die rote Bandschleife darauf zurecht; dann funkelte sie wieder auf den Hans mit ihren schwarzen Augen und schlug ihn neckisch auf die Hände: ›Du, was hast mich eingestaubt, du! Du bist so wild; wart nur, ich tanz nicht mehr mit solch 'nem Tollen!‹

Und das war die Margret, Herr Amtsvogt; der Hinrich aber kam auch am andern Morgen noch nicht wieder; sie meinten, der Mittag würde ihn nach Hause treiben; aber da hatte auch eine Eule gesessen; das ganze Dorf kam in die Beine, sie suchten ihn mit Leitern und mit Stangen. Und endlich! Wo war er gewesen, Herr Amtsvogt? – Bei den Wasserkröten hatte er in der Nacht gesessen; dort hinten im Moor bei der schwarzen Lake. Der Finkeljochim, der da seine Besen schneidet, kam ins Dorf gelaufen und erzählte es. Da haben sie ihn denn nach Haus geholt mitsamt dem Gliederreißen, das er sich vom feuchten

Moorgrund heimgebracht. Ein paar Wochen hat er in den Kissen liegen müssen, und als der Doktor nicht angeschlagen, haben sie die Sympathie gebraucht: und mit drei Tassen Kamillentee und ein paar Handvoll Kirchhofserde ist dann auch alles wieder in seinen Schick gekommen.«

Der Kaffee war inzwischen aufgetragen, und der Küster erinnerte, nicht ohne scheinbare Vorsicht, seine Frau daran, daß der Herr Amtsvogt noch mit ihm zu reden habe.

»Ich will nicht im Wege sein, Vater«, versetzte diese, von ihrem Lehnstuhl aus die Tassen vollschenkend; »ich sage nur und hab's dem Herrn Pastor auch schon gesagt: erst, als die Dirne wieder aus der Stadt zurück war, lief nur der Hinrich bei den Hebammensleuten, und es gefiel ihr schon, daß sie gleich wieder einen hinter sich herzuziehen hatte; und wenn auch nur, um die junge Frau zu ärgern, die ihn geheiratet hat; seit es aber mit dem alten Klaus Ottsen aufs Letzte geht und der nicht mehr den Daumen gegenhalten kann, weiß auch sein Hans mit Dunkelwerden den Weg dorthin zu finden. Ich wundre mich nicht, daß der Fehse auch diesmal wieder fortgelaufen ist; denn mit sich selber umzugehen, was doch die größte Kunst vom Menschenleben ist, das hat er immer noch nicht lernen können. Ich begreif nicht, was darum so viel Aufhebens im Dorf ist; er wird schon wiederkommen, wenn er's satt hat!«

Die kleine gebrechliche Frau, deren blasse Wangen unter dem lebhaften Erzählen wieder aufgeblüht waren, schwieg jetzt und suchte mit der Feuerzange die Kohlen in ihrem Ofen aufzustören. – Ich tat noch diese und jene Frage; dann ließ ich mich von dem Küster, dem draußen sichtlich seine Würde wieder zuwuchs, an meinen Wagen geleiten.

»Ja, ja, mein wohlgeborener Herr Amtsvogt«, sagte er, gleichsam die Summe eines langen Gedankenexempels ziehend; »ich habe manchen Gang um diese Heirat gemacht; aber der Mensch soll ja auf den Dank der Welt nicht rechnen! Nehmen Sie nur die Mamsell Margret aufs Korn; die wird Ihnen über alles Bescheid geben können.«

Unterdessen hatte er das Schutzleder vor meinem Sitze zugeknöpft, und mit majestätischer Handbewegung entlassen, rumpelte mein Fuhrwerk auf der schlecht gepflasterten Dorfstraße weiter.

Hinter der zur Rechten liegenden Kirche, an deren granitner Mauer ich im Vorüberfahren die Jahreszahl 1470 las, blickte aus jetzt fast entlaubten Holunderhecken ein Häuschen mit grünen Fensterläden.

»Den Hebammensleuten gehört es«, erwiderte auf meine Frage der Amtsdiener, sich vom Kutschersitze zu mir wendend, »sie halten's gewaltig sauber; in Geschäften bin ich ein paarmal dort gewesen.«

Nach einer Weile hörten zur Linken die Häuser auf. Die an der Kirchseite sich noch eine gute Strecke entlangziehenden Gehöfte lagen gegen Westen, nur durch den Weg und einige eingewallte Acker- und Wiesenstücke von dem großen Moor getrennt; das letzte derselben, einsam und weit hinaus belegen, war mir als das des Hinrich Fehse bezeichnet worden.

Vor vielen dieser Häuser bemerkte ich Gruppen von Menschen, anscheinend in lebhafter Unterhaltung, zuweilen auch wohl mit ausgestrecktem Arm nach dem Moor hinausweisend. Es war augenscheinlich eine besondere Aufregung unter den Dorfbewohnern.

Endlich fuhren wir auf die Fehsesche Hofstelle. An dem Hause, welches etwa hundert Schritt vom Wege zurücktrat, waren noch die Früchte der wohlhabenden Heirat sichtbar: die nördliche Hälfte mit dem großen Scheunentor und den halbrunden Stallfenstern war augenscheinlich kaum vor Jahresfrist gebaut, die andere dagegen, welche die Wohnungsräume enthielt, mochte in diesem Zustande schon lange von Vater auf Sohn vererbt worden sein. Vor den niedrigen Fenstern, auf welche das schwere schwarzbraune Strohdach drückte, zog sich ein ziemlich ödes Gartenstück bis an den Weg hinab.

Da sich niemand von den Hausgenossen zeigte, als wir oben vor dem Scheunentor hielten, so schickte ich den Amtsdiener in das Haus, der dann auch bald in Begleitung einer alten Frau wieder an den Wagen trat. Ich wollte sie als Witwe Fehse begrüßen, aber sie erwiderte, sie habe nur als Nachbarin das Haus gehütet; die alte und die junge Frau Fehse seien zum Bauervogt gegangen; denn die Tochter des Finkeljochim hätte erzählt, daß sie noch gestern abend, da eben der Mond aufgegangen sei, den Hinrich dort hinten auf dem Moor gesehen habe; auf diese Nachricht seien wieder Leute zum Suchen hinausgeschickt worden.

Ich fragte näher nach.

»Es wird wohl nichts daran sein, Herr Amtsvogt«, meinte die Alte; »die Dirne ist so was simpel; und seit der Hans Ottsen ihr vergangenen Winter was in den Kopf gesetzt hat, ist sie vollends faselig geworden.«

»Aber wo ist das Mädchen jetzt zu finden?«

»Jetzt bekommen Herr Amtsvogt sie nicht. Sie ist mit den Leuten in die Heide, um ihnen den Platz zu zeigen.«

Ich ließ mich zunächst von der Alten in das Wohnzimmer weisen und einen Tisch in die Mitte stellen, auf welchem ich zur Aufnahme der nötigen Notizen mein mitgebrachtes Schreibmaterial bereitlegte.

Es war ein niedriges, aber geräumiges Zimmer; der weiße Sand auf den Dielen, die blanken Messingknöpfe an dem Beilegerofen, alles zeugte von Sauberkeit und Ordnung. Den Fenstern gegenüber befanden sich zwei verhangene Wandbetten; vor dem einen, mit der zwischen Vergißmeinnicht gemalten Überschrift: »Ost un West, to Huus ist best«, stand eine jetzt leere hölzerne Wiege.

Um keine Zeit zu verlieren, hieß ich den Amtsdiener, mir die in der Nähe wohnende Tochter der Hebamme zur Stelle zu bringen, während die Alte es übernahm, die Fehseschen Frauen von der entlegneren Wohnung des Bauervogtes herbeizuholen. – Ich befand mich allein im Hause; von der Wand tickte der harte Schlag einer Schwarzwälder Uhr; in Erwartung der kommenden Dinge war ich ans Fenster getreten und sah in die gelbe Herbstsonne, die schon tief jenseit der Heide stand.

Das Rauschen von Frauenkleidern weckte mich aus den Gedanken, worin ich mich einzuspinnen begann. Als ich mich umwandte, erblickte ich eine schlanke volle Mädchengestalt in städtischer Kleidung, deren kleine und, wie mir schien, zitternde Hand eben ein schwarzes Kopftuch von dem Nacken streifte.

Ich konnte nicht zweifeln, wen ich vor mir hatte; zum ersten Mal sah ich den verführerischen Kopf jenes Mädchens unverhüllt.

»Sie sind Margarete Glansky!« sagte ich.

Ein kaum hörbares »Ja« war die Antwort.

Ich setzte mich ihr gegenüber an den Tisch und nahm die Feder zur Hand.

»Sie kennen den jungen Hinrich Fehse?« fragte ich weiter.

Ein ebenso leises »Ja« erfolgte.

»Ich meine, Sie haben in näherer Bekanntschaft mit ihm gestanden?«

Sie antwortete nicht. Als ich aufblickte, sah ich, daß sie totenblaß war; ich hörte, wie die weißen Zähnchen aufeinanderschlugen. Die Angst vor äußerlicher Verantwortlichkeit wegen einer vielleicht innerlichen Schuld mochte sie ergriffen haben.

»Weshalb fürchten Sie sich?« fragte ich.

»Ich fürchte mich nicht; – aber die Bauernweiber haben alle einen Haß auf mich.«

»Es handelt sich nicht um Sie, Margarete Glansky, sondern um den jungen Mann, der seit einigen Tagen vermißt wird.«

»Ich weiß nichts davon; ich bin nicht schuld daran!« stieß sie, noch immer nach Atem ringend, hervor.

»Aber wir müssen ihn zu finden suchen«, fuhr ich fort. »Kurz vor seiner Heirat sind Sie in die Stadt gezogen und dann vor einem halben Jahre wieder zurückgekommen?«

»Es gefiel mir dort nicht, ich hatte nicht nötig, zu dienen; – es reut mich noch, daß ich so dumm mich hatte fortschicken lassen!« Und die starken Augenbrauen des Mädchens zogen sich dicht zusammen.

»Hinrich Fehse«, sagte ich, »ist dann oft des Abends zu Ihnen gekommen?«

»Wir konnten ihn doch nicht fortjagen.«

»Er kam zuletzt, so sagt man, jeden Abend und blieb dann oft bis Mitternacht.«

»Das lügen die Weiber!«

»Aber Sie haben Geschenke von ihm angenommen?«

Ein heißes Rot flog über ihr Gesicht. »Wer hat das gesagt?«

»Das singen die Spatzen von den Dächern; es hat argen Unfrieden zwischen den Eheleuten gesetzt.«

»Nun, und wenn's auch wäre!« rief sie und warf trotzig ihre roten Lippen auf. »Wer hat sie geheißen, ihn zu heiraten!«

»Und würden Sie ihn denn geheiratet haben?« fragte ich.

Aber bevor sie zu antworten vermochte, wurde die Stubentür aufgerissen, und die beiden Fehseschen Frauen, die junge mit ihrem Kinde auf dem Arm, traten in das Zimmer. Ich sah noch, wie die Augen der alten Bäuerin und der Hebammentochter in unverhohlenem Hasse aufeinander blitzten; dann stellte die Alte sich vor mir hin und sagte zitternd:

»Herr Amtsvogt, was tut die Person da in unserm Hause? Ich bin der Meinung, daß ich das wohl nicht zu leiden brauche!«

»Die Person«, erwiderte ich und schob dabei die beiden Frauen unmerklich wieder zur Tür hinaus, »wird gerichtlich vernommen und ist von mir hieher beschieden worden.«

Wir standen draußen auf dem Hausflur. Die alte hagere Frau rang die Hände. »Ach, das Elend!« rief sie; »das Elend!« – Die junge Bäuerin trocknete von den Wangen ihres schlafenden Kindes die Tränen, die sie fortwährend darauf weinte.

»Wir hatten es so gut das erste Jahr«, sagte sie, »wenn nur die nicht wiedergekommen wär; unsereins versteht so was nicht; aber sie muß es ihm doch angetan haben! Und das viele Geld, das er neulich für die Pferde gelöst hat; – wir haben die Schatulle und alles durchgesucht, aber es ist nichts davon zu finden.«

Durch die offene Haustür sah ich draußen einen Mann mit einer langen Stange vorübergehen und den Weg ins Moor hinunter nehmen. Die Alte war hinausgetreten und kam jammernd zurück. Plötzlich aber fuhr sie sich mit der Schürze über die Augen. »Der da oben wird wissen, wo er ist«, sagte sie. »Er war nicht gottlos, mein Hinrich! – Auf die Knie hat er sich geworfen und seinen armen Kopf in meinen Schoß gedrückt; denn er war ja immer doch mein Kind! ›Mutter‹, hat er gesagt, ›Ihr saht mich auf dem Braunen fortreiten, und ich sagte Euch, daß ich wegen der Zinsen zum Müller nach der Nordermühle müßte; – das war gelogen, Mutter; in der Irre bin ich fünf Stunden lang für wild herumgeritten; Ihr habt selbst dem Braunen den Schaum von den Flanken gestrichen, als ich heimgekommen; – ich hab nur nicht zu ihr hinüber wollen; aber es hat mich doch wie bei den Haaren dahin zurückgezogen; – es kriegt mich unter; ich kann's nicht helfen, Mutter!‹

Und er war doch so gut, mein Hinrich!« fuhr die Alte, wie mit sich selber redend, fort. »Noch als das Kind geboren war! In unserm Hof hier, aufs Pferd hab ich's ihm reichen müssen; die Sonne schien so warm, drüben in der Koppel stand die Sommersaat so grün. ›Was meinst, Mutter‹, sagt' er, ›ich könnt es gut ein bißchen mit aufs Feld nehmen!‹ Er war so glücklich über sein Kind; ich hatt meine Not, es ihm wieder abzukriegen; und es war doch erst sechs Wochen alt!«

Ich machte mich von den Frauen los, indem ich ihnen bedeutete, daß sie wegen ihrer eigenen Vernehmung zur Stelle bleiben müßten. Als ich wieder in das Zimmer trat, fielen schon die schrägen Strahlen der Abendsonne durch die Fenster. Das Mädchen stand noch auf demselben Platze wie vorhin; aber sie schien ruhiger geworden und sogar, vielleicht nur weil ich den andern Frauen gegenüber ihre Anwesenheit vertreten hatte, ein Vertrauen zu mir gefaßt zu haben. »Ich will's Ihnen wohl erzählen, Herr Amtsvogt«, begann sie, indem sie mit beiden Händen ihr glänzend schwarzes Haar zurückstrich; – »ob ich ihn geheiratet hätte, wenn er das Geld von der andern nicht hätte brauchen müssen; – ich weiß das nicht, und ist auch wohl übrig, jetzt zu fragen; ich bin gut Freund mit ihm gewesen; wir tanzten wohl zusammen; aber – und das ist die Wahrheit! Herr Amtsvogt – ich hatte nicht gedacht, daß er's gar so ernsthaft nehmen würde.«

»Sie wußten doch«, sagte ich, »daß er von Jugend auf Ihnen nachgegangen war; und ich meine, der sah nicht aus, als ob er mit solchen Dingen spielen könnte.«

Sie hatte seitwärts einen raschen Blick in den kleinen, mit Pfauenfedern geschmückten Spiegel geworfen, und eine Sekunde lang brach es wie heiße Lebenslust aus ihren dunkeln Augen. »Nun«, sagte sie, »zuletzt hab ich's schon merken müssen; aber da hab ich ihn nicht mehr fortbringen können. Versucht hab ich's genug; denn er plagte mich bis aufs Blut mit seinen Grillen; zumal wenn sonst junge Leute zu uns kamen, wie das doch nicht anders ist. Er konnte mit den Zähnen knirschen, wenn ich nur einen an die Haustür brachte; oder gar, als einmal Hans Ottsen aus Narretei mir die Haarzöpfe losmachen wollte; und er hatte doch sein Weib zu Hause!«

Ich sah sie fest an. »Also der Ottsen kam in der letzten Zeit auch zu Ihnen? Sie wissen vielleicht, daß sein Vater ihm um Johanni die Hufe übergeben hat.«

Sie stutzte einen Augenblick wie verwirrt; dann aber, als habe sie meine Bemerkung nicht gehört, fuhr sie fort: »Manchen Abend, wenn der Wächter zu neun geblasen, hat meine Mutter ihn angerufen, nach Haus zu gehen. Aber er ging nicht. ›Frau Nachbarn‹, sagt' er dann wohl, ›Sie wird mir doch den Stuhl in Ihrem Hause gönnen; ich verlang ja weiter nichts!‹ Und so sind wir denn sitzen geblieben; ich an meinem Nähstein vor der einen Tischschublade, er vor der andern. ›Hinrich‹, hab ich oft gesagt, ›sei nicht so hintersinnig! Du kannst ja Sonntag im Krug mit mir tanzen; nimm doch deine Frau mit und laß uns alle miteinander vergnügt sein.‹ Aber er stieß dann nur ein höhnisches Lachen aus und sah mich aus seinen kleinen Augen an, als wollte er mir damit ein Leides tun.

Nur einmal«, fuhr sie nach einer Weile fort, »ist er eine Zeitlang weggeblieben; – als ihm das Kind geboren war, und ich dachte schon, er sei nun zur Vernunft gekommen. Da, etwa vier Wochen nachher, wurde seine Frau schwer krank; sie glaubten alle, es geh mit ihr aufs Letzte, auch meine Mutter, die ihr doch in der Geburt hatte beistehen müssen. Und da, Herr Amtsvogt – kam er wieder.«

Das Mädchen atmete schwer auf. – »Er war ganz anders geworden, mehr so wie damals, als er noch ein junger Bursche war; er konnte wieder erzählen und sprach wieder von seiner Wirtschaft und was er tun und treiben wollte. Einmal aber meine Mutter war eben außer Hause – faßte er mich plötzlich an beiden Schultern und sah mich an, wie unsinnig vor Freude. ›Margret!‹ – rief er, ›denk's einmal aus! Wenn – o wenn!‹ – – Er verstummte dann und ließ mich los; aber ich wußte doch, wie's gemeint war, und hab's auch bald nachher gesehen. Deshalb dachte ich, ihn auf andere Gedanken zu bringen. ›Ist denn der Doktor heute bei euch gewesen?‹ fragte ich. ›Wie geht's mit Ann-Marieken?‹ – Es war erst, als wenn er nicht antworten mochte. ›Sie hat wieder ein neues Glas gekriegt‹, sagte er dann; ›ich weiß nicht, was der Doktor meinte.‹ Dabei hatte er sich das Punktierbuch meiner Mutter aus deren Nähkasten gekramt, setzte sich mir gegenüber und fing nun an, mit Kreide auf den Tisch zu stricheln. Er tat das so hastig und wurde so heiß um den Kopf dabei, daß ich ihn fragte: ›Hinrich, auf was punktierst du da?‹

›Laß, laß!‹ sagte er. ›Bleib du bei deiner Näharbeit!‹ Aber ich bog mich unbemerkt über den Tisch und las in dem Buch die Nummer, auf welche er den Finger hielt. Da war es die Frage, ob der Kranke genesen werde. – Ich schwieg und setzte mich wieder an meine Arbeit; und er strichelte weiter, zählte ›Eben‹ oder ›Uneben‹ und punktierte sich nachher die Figuren mit der Kreide auf den Tisch. ›Nun‹, fragte ich, ›bist du fertig? Kann man's jetzt zu wissen kriegen?‹ – Er hatte den Kopf in die Hand gestützt und sah mich schweigend an, aber still und weich, wie er's lang nicht getan hatte. Dann stand er auf und gab mir die Hand. ›Gute Nacht, Margret!‹ sagte er; ›ich muß nun nach Hause.‹ Und somit ging er fort; es war noch früh am Abend. – Da die Figuren auf dem Tische stehengeblieben waren, so schlug ich in dem Büchlein nach. Da lautete die Antwort: ›Tröstet die Seele des Kranken und laßt alle Hoffnung fahren!‹ – – Aber es war diesmal nicht getroffen; die Frau erholte sich bald hernach; und nun ward's mit ihm schlimmer, als es je gewesen war. Glauben Sie's mir, Herr Amtsvogt, wenn ich was an ihm versehen habe, es ist mit Angst und Not gebüßt.«

Da sie bei diesen Worten in ein krampfhaftes Weinen ausbrach, so ließ ich sie auf einen Stuhl niedersitzen. Bald aber erhob sie wieder ihren Kopf, den sie in beide Hände gepreßt hatte, und sah mich an. – Im Zimmer war nur noch das Licht des Sonnenuntergangs, in dem die roten Lippen des Mädchens auffallend gegen ihr blasses Gesicht und ihre dunklen Augen hervortraten.

Aber ich mußte weiterfragen. »Hinrich Fehse«, sagte ich, »hat in der vorigen Woche einen Pferdehandel gemacht, woraus er viel Geld hätte nach Hause bringen müssen; die Fehseschen Frauen aber versichern, daß sie es nirgends haben finden können.«

»Wir haben das Geld nicht, Herr Amtsvogt!« sagte sie düster.

»Und Sie wissen auch nicht, wo es hingekommen ist?«

Sie nickte. »Doch; das weiß ich.«

»Es haben einige gemeint«, fuhr ich fort, »er sei nach Hamburg, um von dort mit einem Auswandererschiff nach Amerika zu gehen?«

»Nein, Herr Amtsvogt; wohin er gegangen ist, das weiß ich nicht; aber mit dem Geld ist er nicht nach Amerika. – Ich will Ihnen auch das erzählen; so wahr, als wenn ich vor Gott stünde! – Am letzten Sonntagabend war's, es mochte gegen acht Uhr sein; meine Mutter, die über Nacht aus gewesen war, saß im Lehnstuhl und nickte über ihrem Strickzeug; wir waren ganz allein, und ich wunderte mich, daß auch Hinrich Fehse nicht kam; denn am Vormittag in der Kirche hatte er mich wieder einmal angestarrt, daß alle Weiber die Köpfe nach mir wandten. – Draußen ging der Sturm; aber zwischen den Windstößen glaubt ich mitunter bei unserm Hause gehen zu hören. Mir war das unheimlich, und ich trat vor die Haustür, um zu sehen, was es gäbe. Es war kein Mondschein, Herr Amtsvogt; aber es war nachthell; ich 345 konnte durch den kahlen Fliederzaun ganz deutlich die Kreuze auf dem Kirchhof unterscheiden, der an unsern Garten stößt; und so sah ich auch, daß unterm Zaune einer stand; und da ich hinzutrat, war es Hinrich Fehse. ›Was stehst du hier und läßt dich durchkälten?‹ sagte ich. ›Warum kommst du nicht herein?‹ – ›Ich muß dich allein sprechen, Margret!‹ erwiderte er. – ›Nun, so sprich, wir sind hier allein; es wird auch niemand kommen in dem Unwetter.‹ – Aber er sprach nicht, bis ich sagte: ›Mich friert; ich will hinein und mein Umschlagetuch holen!‹ Da griff er mich bei der Hand und sagte schwer: ›'s geht so nicht länger, Margret; ich muß ein Ende machen.‹ – Er kam mir so seltsam vor; ich wußte nicht, was ich ihm darauf antworten sollte. ›Hinrich‹, sagte ich; ›am besten wär's, ich ginge wieder fort; dann wird wohl alles noch gut werden!‹ – ›Wir müssen beide fort, miteinander fort, Margret!‹ antwortete er. Dabei zog er einen Beutel hervor und ließ ihn mehrmals auf der Kante des Brunnens klingen, an dem wir in diesem Augenblicke standen. ›Hörst du?‹ sagte er; ›das ist Gold! Vorgestern hab ich meine Braunen verkauft; ich geh zu meinem Vetter über See in die Neue Welt; es ist leicht, dort sein Brot zu finden.‹ – ›Das wirst du deiner Frau nicht antun!‹ sagte ich. – ›Nicht antun, Margret? Es ist kein Segen für sie, wenn ich dableib; die paar tausend Taler, die sie in die Wirtschaft gebracht hat, gehen bald darauf; ich bin kein Bauer mehr, ich hab keine Gedanken ohne dich!‹ – Er wollte mich umfassen, aber ich sprang zurück.

›Das würde mir anstehen‹, sagt ich, ›als deine Beiläuferin mit dir in die weite Welt zu rennen!‹ – ›Hör mich nur‹, begann er wieder; ›wir gehen heimlich fort; meine Frau wird dann auf Scheidung klagen; dann können wir uns dort zusammengehen lassen.‹ – ›Nein, Hinrich; ich tu's nicht, ich geh so nicht fort.‹ – Auf diese Worte ward er wie unsinnig; er warf sich auf die Erde, ich weiß nicht, was er alles sprach; auch heulte der Sturm um die Kirche, daß ich's kaum verstehen konnte; meine Kleider flogen, ich war ganz verklommen. ›Geh nach Haus, Hinrich‹, bat ich, ›du bist heut nicht bei dir, laß uns morgen über die Sache sprechen!‹ – Indem hörte ich hinter uns vom Kirchhofsteige laute Stimmen; Hans Ottsen war darunter, und ich horchte nach unserer Pforte; denn er war in den letzten Wochen bisweilen zu uns gekommen. Aber sie mußten vorübergegangen sein; ich hörte das Kreuz im großen Kirchhofstor drehen und bald auch die Stimmen weiter unten auf dem Dorfwege. – Als ich den Kopf zurückwandte, stand Hinrich vor mir. ›Margret‹, sagte er, und er würgte die Worte nur so heraus; ›willst du mit mir gehen?‹ Aber bevor ich noch zu antworten vermochte, legte er die Hand auf meinen Mund. ›Sprich nicht zu früh!‹ rief er, ›denn ich frag nicht wieder – nimmer wieder.‹ – Ich antwortete nicht; es schnürte mir die Kehle zu; was hätte ich ihm auch antworten sollen! – ›Siehst du!‹ sagte er; ›ich wußte es wohl; du bist falsch, du wartest auf den andern!‹ – Er machte eine Bewegung mit dem Arm, und gleich darauf hörte ich es auch unten im Brunnen aufklatschen. – ›Hinrich, dein Gold!‹ rief ich. ›Was tust du, Hinrich!‹ – ›Laß nur!‹ sagt' er; ›ich brauch's nun nicht mehr; – aber‹ – und er faßte mich mit beiden Händen und hielt mich vor sich, als ob er wie aus der Ferne mich betrachten wollte – ›küß mich noch einmal, Margret!‹«

– »Und dann?« fragte ich, als das Mädchen stockte.

»Ich will nicht lügen, Herr Amtsvogt; ich hätt's ihm nicht gewehrt; aber er stieß mich plötzlich von sich. – Ich wollte der Haustür zulaufen; da rief er zornig meinen Namen; und als ich darauf nicht hörte, sprang er hinter mir her und packte mich wie mit eisernen Armen. Das Haar war mir losgegangen; er schlang einen meiner Zöpfe um seine Hand und riß mir damit den Kopf in den Nacken. ›Noch einen Augenblick, Margret‹, sagte er, und trotz der Nacht sah ich, wie seine kleinen Augen über mir funkelten; und während der Sturm mir fast die Kleider vom Leibe riß, schrie er mir ins Ohr: ›Ich will dir was Heimliches anvertrauen, Margret; aber sprich's nicht weiter! Für uns beid zusammen ist kein Platz mehr auf der Welt; du sollst verflucht sein, Margret!‹ – Ich stieß einen lauten Schrei aus; ich glaubt, er wolle mich erwürgen. Da ließ er mich los und rannte davon; ich hörte noch, wie er drüben die Kirchhofspforte zuschlug; und gleich darauf war auch meine Mutter vor die Haustür getreten und rief nach mir. – ›Er wird sich morgen schon besinnen‹, sagte sie, nachdem ich ihr alles, so gut als ich es vermochte, erzählt hatte; ›da kann er auch sein Gold sich selber wieder fischen.‹ Dann holte sie ein Vorlegeschloß und legte es vor den Brunnendeckel, den einst mein Großvater ungebetener Gäste wegen hatte machen lassen; es hätte ja jemand anders den Beutel im Eimer mit heraufziehen können. – – Als wir ins Haus gegangen waren, legte meine Mutter sich ins Bett, und ich setzte mich wieder an meine Arbeit. Draußen stürmte es noch immer fort; mitunter hörte ich unten im Dorf den Wächter blasen; im Kirchturm schlug die große Glocke an. Mir war ganz unheimlich; aber es ließ mir keine Ruh; ich dachte immer, er könne sich ein Leids angetan haben. Als ich merkte, daß meine Mutter eingeschlafen war, nahm ich mein Umschlagetuch und schlich mich fort. – Es begegnete mir niemand; die meisten Häuser waren schon dunkel; nur auf der Fehseschen Stelle sah ich vom Wege aus noch Licht durch die Öffnung der Fensterläden scheinen. Ich nahm mir ein Herz und ging den Wall hinauf und in die Gartenpforte. Als ich mich an das Fenster stellte, hörte ich drinnen die Spinnräder schnurren, bisweilen auch ein Wort von der alten Fehse. – ›Was sie nur sprechen mögen!‹ dachte ich und legte das Ohr an den Laden, aber ich konnt es nicht verstehen. Da gewahrte ich unter dem andern Fenster eine umgestürzte Schubkarre, und als ich hinaufgestiegen war und mich auf den Zehen hob, reichte mein Auge bis an das Herz des Ladens. Ich konnte dort das Wandbett übersehen; auch sah ich, daß jemand darinlag, und als der Kopf sich auf dem Kissen umwarf, erkannte ich, daß es Hinrich war. Mit einem Mal aber richtete er sich in den Kissen auf und stierte mit den Augen auf mich zu. Da befiel mich die Angst, ich sprang von der Karre herab und rannte fort, über den Weg, über den Kirchhof; – um die Turmecke pfiff und heulte es; der alte Finkeljochim sagt dann immer, die Toten schreien in den Gräbern. Mir grauste, ich weiß nicht mehr, wie ich wieder ins Haus und ins Bett gekommen bin. – Am andern Morgen aber hieß es, Hinrich Fehse sei in der Nacht verschwunden; ich habe nichts wieder von ihm gesehen.«

Sie schwieg. – Es war inzwischen dämmerig geworden. Als ich durch die kleinen Scheiben einen Blick ins Freie tat, war fern am Horizont nur noch ein schwacher Abendschein; die Bäume im Garten standen schwarz, unten über dem Moor aber zogen die Nebel wie weiße Schleier. – Ich ließ zwei Talgkerzen anzünden und vor mir auf den Tisch stellen; dann rief ich die Fehseschen Frauen in das Zimmer.

»Soll denn die dabeisein?« fragte die alte Bäuerin, indem sie einen halb scheuen, halb haßerfüllten Blick auf das Mädchen warf, die nach meinem Geheiß sich in die eine Fensterecke gesetzt hatte.

»Die wird Sie nicht stören, Frau Fehse!« erwiderte ich.

»Nun, meinethalb; was ich zu sagen habe, kann Gott und alle Welt hören; aber« – und sie erhob drohend ihren dürren Finger – »die Bösen werden ihren Lohn bekommen!«

Das Mädchen schien von diesen Worten nichts zu hören; sie hatte wie erschöpft den Kopf so weit gegen die Wand gelehnt, daß ihr das schwarze Haar von den Schläfen zurückgefallen war. – »Lassen Sie das, Frau Fehse!« sagte ich. »Erzählen Sie mir, wie sich die Sache zutrug.«

Sie schien wie aus tiefen Gedanken aufgestört zu werden.

»Ja«, sagte sie, »er war auch den Abend drüben gewesen, da, bei der! Aber er kam doch früh nach Haus; denn Ann-Marieken lag so schlecht, der Doktor hatte ihr eben ein neues Glas verschrieben, da hat er die ganze Nacht an ihrem Bett gesessen, gewiß, das hat er! und ihre Hand gestreichelt. ›Ann-Marieken‹, sagte er, ›du bist nicht schuld daran; verklag mich nicht zu hart da oben; du wirst's da besser haben als bei mir.‹«

Die junge Frau, die eben ihr Kind in die Wiege legte, brach in bitterliche Tränen aus.

349 »Ich meine, Frau Fehse«, erinnerte ich, »wie es an dem letzten Abend war, da Euer Sohn das Haus verlassen hat.«

»Ja, wie war's?« erwiderte sie. »'s war am letzten Sonntagabend; das Essen hatten wir abgeräumt, und die Magd war in ihre Kammer gegangen – nein, es muß schon hin um zehn Uhr gewesen sein; Ann-Marieken und ich saßen noch bei unserem Spinnrad. Mein Hinrich war vordem ganz verstürzt nach Hause gekommen, nun lag er schon lange in dem Wandbett da. Aber er schlief wohl nicht, denn er warf sich fleißig herum und stöhnte auch wohl so vor sich hin; wir waren das schon an ihm gewohnt, Herr Amtsvogt. – – Draußen war's Unwetter, wie das jetzt im November wohl zu sein pflegt; der Nordwest war zu Gang und riß die Blätter von den Bäumen; mir bangte immer, er sollte auch den Birnbaum an der Scheune umstürzen; denn mein Vater selig hat ihn bei der Taufe von meinem Hinrich selbst gepflanzt. Da hör ich's draußen leise vor dem Fenster trotten, und ich horchte darauf; denn, Herr Amtsvogt, ich wußte nicht, war es ein Tier oder war es eines Menschen Fußtritt. Ich frag: ›Hörst du das, Ann-Marieken?‹ frag ich. Aber sie greift in ihr Spinnrad und sagt: ›Nein, Mutter, ich höre nichts!‹ – Nun rück ich 'nen Stuhl zum Fenster und sehe durch das Herz des Fensterladens; denn wir hatten wegen des Unwetters die Läden angeschroben. Da stand der Birnbaum gegen den grauen Nachthimmel und ächzte und wehrte sich zum Erbarmen gegen den Sturm; auch über die Koppeln und die Wischen hinunter konnte ich sehen und sah auch hinten im Moor die Wassertümpel blenkern, denn die Luft war hell dazumalen. Lebiges war nicht zu sehen. Aber das merkt ich wohl, es drückte sich was unter das Fenster, und es rutschte, als scheuere ein Zottelpelz an der Mauer lang. Da ich vom Stuhl herabsteige, kratzt es draußen an dem andern Laden und sogleich hör ich auch drüben in der Wand das Bettband knacken, und mein Hinrich sitzt steidel aufrecht in den Kissen und starrt mit ganz toten Augen nach dem Fenster zu. – Als ich ruf: ›Herr Jes', Hinrich! was ist denn?‹, da ist auch hinten im Stall das Vieh in die Unruhe gekommen, und durch all das Unwetter hör ich den Bullen brüllen und mit Gewalt an seiner Kette reißen. Aber mein Hinrich sitzt noch immer so tot und glasig, daß mir ganz graulich wurde, und als ich mich nun selber umwende – Herr, du mein Jesus Christ! –, da guckt' ein Tier durch den Fensterladen! Ich sah ganz deutlich die weißen, spitzen Zähne und die schwarzen Augen!«

Die Alte wischte sich mit der Schürze den Schweiß von der Stirn und begann leise vor sich hinzumurmeln.

»Ein Tier, Frau Fehse?« fragte ich; »habt Ihr denn so große Hunde im Dorf?«

Sie schüttelte den Kopf: »Es war kein Hund, Herr Amtsvogt!«

»Aber Wölfe gibt's hier doch nicht mehr bei uns!«

Die Alte drehte langsam den Kopf nach dem Mädchen und sagte dann mit scharfer Stimme: »Es mag auch wohl kein rechter Wolf gewesen sein!«

350

»Mutter! Mutter!« rief das junge Weib; »Ihr habt mir doch immer gesagt, es sei die Hebammens-Margret gewesen, die ins Fenster gesehen habe!«

»Hm, Ann-Marieken, ich sage auch nicht, daß sie es nicht gewesen ist.« Und die alte Frau verfiel wieder in ihr unverständliches Klagen und Murmeln.

»Was faselt Ihr, Mutter Fehse!« rief ich. Und doch, als ich das Mädchen so leblos mit ihrem kreideweißen Gesicht und den roten Lippen dasitzen sah – der weiße Alp fiel mir ein aus der Heimat ihres Großvaters, und ich hätte fast hinzugefügt: ›Ihr irrt Euch, ich weiß es besser, Mutter Fehse, sie hat ihm die Seele ausgetrunken; vielleicht ist er fort, um sie zu suchen!‹ Aber ich sagte nur: »Erzählt mir ordentlich, wie wurde es denn weiter mit Euerem Hinrich?«

»Mit meinem Hinrich?« wiederholte sie. »Er griff ans Bettband und war auf einmal mit beiden Füßen auf der Diele. ›Laß *mich*, Hinrich!‹ sagte ich. Aber er fuhr hastig in die Kleider: ›Nein, nein, Mutter, Ihr haltet den Bullen nicht!‹, und dabei hatte er immer die Augen nach dem Fensterladen.

Als er dann im Fortgehen an die Wiege stieß, die so wie heut dort neben dem Bette stand, da streckte das Kleine im Schlaf seine Ärmchen auf und griff mit den Fingerchen in die Luft. Mein Hinrich blieb noch einmal stehen und bückte sich über die Wiege, und ich hörte, wie er bei sich selber sagte: ›Das Kind! Das Kind!‹ Er streckte auch schon seine Hand nach den kleinen Händchen aus, als just der Sturm wieder gegen die Laden stieß und das Rumoren draußen im Stalle wieder anhub. Da tat er einen tiefen Seufzer und ging wie taumelig zur Türe hinaus.« –

Schon länger hatte ich bemerkt, daß Margret den Kopf wie lauschend gegen das Fenster hielt; jetzt hörte ich auch das dumpfe Rumpeln eines Wagens, der den Weg vom Moor heraufzukommen schien.

»Und seitdem«, fragte ich die Alte wieder, »habt Ihr Eueren Sohn nicht mehr gesehen?«

Ich erhielt keine Antwort. Die Stubentür knarrte, und durch die Türspalte drängte sich ein graues Hündchen, naß und beschmutzt; es lief zu der alten Bäuerin und sah sie einen Augenblick wie fragend an, schnoberte winselnd an der Bettstelle herum und lief dann ebenso wieder zur Tür hinaus. Die beiden Frauen, welche atemlos das Tier mit den Augen verfolgt hatten, brachen in laute Klagen aus. Es war, wie ich daraus entnehmen konnte, der Hund des Vermißten, den er selber aufgezogen und dann immer um sich gehabt hatte; das kleine Tier war seit jenem Abend ebenfalls verschwunden gewesen.

Das Rumpeln des Wagens kam indessen näher, und zugleich sah ich, wie am Fenster das Mädchen ihren Kopf aufreckte und mit weit aufgerissenen Augen hinausstarrte. Die Unschlittkerzen leuchteten nicht so weit, aber es fiel von außen eine Mondhelle durch die Scheiben. Gleich einer Schlange glitt sie in die Höhe und blieb dann mit offenem Munde stehen. In demselben Augenblick fuhr auch der Wagen dröhnend auf die Tenne des Hauses.

352

Eine Weile war es lautlos still, dann wurden Männerstimmen auf dem Hausflur laut, die Stubentür wurde weit geöffnet, und ein breitschultriger Mann trat auf die Schwelle. »Wir sind mit der Leiche da«, sagte er; »hinten im Moor in der schwarzen Lake hat sie gelegen.«

Das Zetergeschrei der Frauen brach herein; das junge Weib hatte sich mit beiden Armen über die Wiege ihres Kindes geworfen, das jetzt, vom Schlafe aufgestört, sein schrilles Stimmchen mit dareinmischte.

Aber die alte Bäuerin besann sich plötzlich; ihre knochige Hand schüttelnd, trat sie vor das Mädchen hin, die noch immer wie versteinert in die leere Nacht hinausstarrte. »Hörst du's?« rief sie; »er ist tot! Geh nun! Du hast hier weiter nichts zu schaffen.«

Das Mädchen wandte den Kopf, als habe sie nichts davon verstanden; aber trotz des verhüllenden Gewandes sah ich, daß ein Schauder über ihre Glieder lief, während sie schweigend zur Tür hinausging. Durch das Fenster sah ich sie den Hof hinabschreiten; sie hatte den Kopf im Nacken, als sei er ihr herumgedreht, der Scheune zugewandt, worin der Tote lag. Plötzlich, als sie den Weg erreicht hatte, begann sie zu laufen, mit aufgehobenen Armen, als sei was hinter ihr, dem sie entrinnen müßte. Bald aber verschwand sie in den weißen Nebeln, die vom Moor herauf den Weg überschwemmt hatten.

Ich ließ anspannen, mein Geschäft war für heut zu Ende. Als ich durch das Dorf fuhr, kam der Küster von seiner Hofstelle mir entgegen und legte die Hand auf meinen Wagen. »Es tut mir leid um den Hinrich, Herr Amtsvogt!« sagte er. »Aber wer weiß, ob es nicht so am besten ist; wir müssen jetzt nur sehen, daß wir einen tüchtigen Setzwirt bekommen, der die Witwe heiraten und die Stelle für den kleinen Hinrich Fehse bewirtschaften kann. Es soll schon alles besorgt werden, Herr Amtsvogt!« Und in seiner alten Unerschütterlichkeit grüßte er gravitätisch mit der Hand, während ich, diese tröstlichen Worte noch im Ohr, aus dem

Dorfe hinausfuhr, an dem Moor entlang, das von einem trüben Mond
beleuchtet wurde.

Um mit meinem Bericht zu Ende zu kommen: der Brunnen der
Hebammensleute wurde schon am andern Tage ausgeschöpft, und der
versenkte Schatz kam wirklich wieder an das Tageslicht. Auch der Mann
für die junge Witwe fand sich, nachdem das Kind noch binnen Jahresfrist
mittels eines Bräuneanfalls seinem Vater in jenes unbekannte Land ge-
folgt war. Hans Ottsen zog es vor, statt die verrufene Hebammen-Margret
zu seinem Weibe zu machen, zu der väterlichen Hufe auch noch die
Fehsesche Stelle auf dem einfachen Wege der Heirat zu erwerben. Und
so war denn, nach dem Rezept der Küsterin, mit ein paar Handvoll
Kirchhofserde wieder alles in seinen Schick gebracht.

Will man noch nach dem Slowakenmädchen fragen, so vermag ich
darauf keine Antwort zu geben; sie soll in ich weiß nicht welche große
Stadt gezogen und dort in der Menschenflut verschollen sein.

Biographie

1817   *14. September:* Theodor Storm wird in Husum als Sohn des Advokaten Johann Casimir Storm und seiner Frau Lucie, geb. Woldsen, geboren.

1826   Eintritt in die Husumer Gelehrtenschule.

1833   Das erste, an seine Jugendliebe gerichtete Gedicht Storms entsteht: »An Emma«.

1834   Im Husumer Wochenblatt wird mit »Sängers Abendlied« erstmals ein Gedicht von Storm veröffentlicht.

1835   Storm tritt in das Katharineum in Lübeck ein.
Lektüre von Heines »Buch der Lieder«, Werken von Goethe und Eichendorff.

1836   Bekanntschaft mit der neunjährigen Bertha von Buchan.

1837   Storm immatrikuliert sich an der Universität Kiel zum Jurastudium.
Verlobung mit Emma Kühl.
Storm schreibt Gedichte für Bertha.

1838   Auflösung der Verlobung mit Emma.
Wechsel an die Universität Berlin.
Reise nach Dresden.
Veröffentlichung kleinerer Werke in verschiedenen Zeitschriften.

1839   Rückkehr nach Kiel.
Beginn der Freundschaft mit Theodor und Tyche Mommsen.

1842   Storms Heiratsantrag an Bertha von Buchan wird zurückgewiesen.
Zusammen mit Theodor und Tyche Mommsen sammelt Storm Märchen und Sagen aus Schleswig Holstein.
Er legt in Kiel das Staatsexamen ab.
Herbst: Storm kehrt nach Husum zurück.

1843   In Husum arbeitet Storm als Anwalt in der Kanzlei seines Vaters.
Storm gründet einen Gesangsverein.
»Liederbuch dreier Freunde« (Gedichte, mit Theodor und Tyche Mommsen).

1844   Verlobung mit der Cousine Constanze Esmarch.

1846   Heirat mit Constanze Esmarch.

1847   Liebesbeziehung zu Dorothea Jensen.

Storm schreibt eine Reihe von Liebesgedichten.

1848   Geburt des Sohnes Hans.

1850   Beginn der Korrespondenz mit Eduard Mörike.

1851   Geburt des Sohnes Ernst.

»Sommer-Geschichten und Lieder« (Novellen und Gedichte), darin u.a. die 1849 entstandene Novelle »Immensee«, die zu Storms Lebzeiten erfolgreichste seiner Novellen, und »Der kleine Häwelmann«.

1852   Aus politischen Gründen kann Storm nicht mehr als Anwalt arbeiten und bemüht sich um verschiedene Anstellungen als Richter und im preußischen Justizdienst.

Reise nach Berlin.

»Gedichte«.

1853   Geburt des Sohnes Karl.

Übersiedlung nach Potsdam, wo Storm preußischer Gerichtsassessor wird.

Bekanntschaft mit den Mitgliedern der literarischen Vereine »Tunnel über der Spree« und »Rütli«, darunter mit Theodor Fontane, Franz Kugler und Adolph Menzel.

Beginn des Briefwechsels mit Paul Heyse (bis 1888).

1854   Bekanntschaft mit Joseph von Eichendorff.

»Im Sonnenschein« (Novellen).

1855   Geburt der Tochter Lisbeth.

Reise nach Süddeutschland, Besuch bei Mörike in Stuttgart.

»Ein grünes Blatt« (Novellen).

1856   Storm zieht nach Heiligenstadt im Eichsfeld um, wo er zum Kreisrichter ernannt wurde.

»Gedichte« (2. vermehrte Auflage).

1857   »Hinzelmeier« (Novelle).

1858   »Gedichte« (3. Auflage).

1860   Geburt der Tochter Lucie.

»In der Sommer-Mondnacht« (Novellen).

1861   »Drei Novellen«.

1863   Geburt der Tochter Elsabe.

»Im Schloß« (Novelle).

»Auf der Universität« (Novelle; 1865 unter dem Titel »Lenore« wiederveröffentlicht).

1864   Storm wird nach dem deutsch-dänischen Krieg zum Landvogt von Husum gewählt und kehrt dorthin zurück.

»Gedichte« (4. vermehrte Auflage).

1865   Geburt der Tochter Gertrud. Tod Constanzes.

Auf Einladung von Iwan Turgenjew Reise nach Baden Baden.

»Zwei Weihnachtsidyllen« (Novellen).

1866   Heirat mit Dorothea Jensen.

»Drei Märchen« (1873 wiederveröffentlicht unter dem Titel »Geschichten aus der Tonne«).

1867   »Von Jenseit des Meeres« (Novelle).

1868   Geburt der Tochter Friederike.

Storm wird zum Amtsrichter ernannt.

»In St. Jürgen« (Novelle).

»Novellen«.

»Sämtliche Schriften« (19 Bände, 1868–89).

1872   Reise nach Salzburg und München, wo er Paul Heyse trifft.

1873   »Zerstreute Kapitel« (Novellen und Gedichte).

1874   Storm wird zum Oberamtsrichter ernannt.

»Novellen und Gedenkblätter«.

1875   »Waldwinkel. Pole Poppenspäler« (Novellen).

»Ein stiller Musikant. Psyche. Im Nachbarhause links« (Novellen).

1876   Reise nach Würzburg.

1877   »Aquis submersus« (Novelle).

Beginn des Briefwechsels mit Gottfried Keller.

1878   Aufenthalt in Varel.

»Carsten Curator« (Novelle).

»Neue Novellen«.

1879   Storm wird Amtsgerichtsrat.

1880   Pensionierung Storms.

Umsiedlung nach Hademarschen.

»Zur ›Wald- und Wasserfreude‹«.

»Drei neue Novellen«.

»Eckenhof. Im Brauerhause« (Novellen).

1881   »Der Herr Etatsrath. Die Söhne des Senators« (Novellen).

1883   »Hans und Heinz Kirch« (Novelle).

»Zwei Novellen«.

1884   »Zur Chronik von Grieshuus« (Novelle).

1885   »John Riew'. Ein Fest auf Haderslevhuus« (Novellen).

»Gedichte« (Neue, vermehrte Auflage).

1886   Aufenthalt in Weimar.

Oktober: Schwere Krankheit.

Dezember: Tod des Sohnes Hans.

1887   Reise nach Sylt.

»Bei kleinen Leuten« (Novellen).

»Ein Doppelgänger« (Novelle).

»Bötjer Basch« (Novelle).

1888   *Januar:* Letzter Aufenthalt in Husum.

Februar: Fertigstellung des »Schimmelreiters«.

April/Mai: »Der Schimmelreiter« erscheint in der »Deutschen Rundschau« (Buchausgabe im gleichen Jahr).

»Ein Bekenntniß« (Novelle).

»Es waren zwei Königskinder« (Novelle).

4. Juli: Tod Storms in Hademarschen.

Erzählungen aus dem Biedermeier

Biedermeier - das klingt in heutigen Ohren nach langweiligem Spießertum, nach geschmacklosen rosa Teetässchen in Wohnzimmern, die aussehen wie Puppenstuben und in denen es irgendwie nach »Omma« riecht.

Zu Recht. Aber nicht nur.

Biedermeier ist auch die Zeit einer zarten Literatur der Flucht ins Idyll, des Rückzuges ins private Glück und der Tugenden. Die Menschen im Europa nach Napoleon hatten die Nase voll von großen neuen Ideen, das aufstrebende Bürgertum forderte und entwickelte eine eigene Kunst und Kultur für sich, die unabhängig von feudaler Großmannssucht bestehen sollte.

Georg Büchner Lenz **Karl Gutzkow** Wally, die Zweiflerin **Annette von Droste-Hülshoff** Die Judenbuche **Friedrich Hebbel** Matteo **Jeremias Gotthelf** Elsi, die seltsame Magd **Georg Weerth** Fragment eines Romans **Franz Grillparzer** Der arme Spielmann **Eduard Mörike** Mozart auf der Reise nach Prag **Berthold Auerbach** Der Viereckig oder die amerikanische Kiste

ISBN 978-3-8430-1884-5, 444 Seiten, 29,80 €

Erzählungen aus dem Biedermeier II

Annette von Droste-Hülshoff Ledwina **Franz Grillparzer** Das Kloster bei Sendomir **Friedrich Hebbel** Schnock **Eduard Mörike** Der Schatz **Georg Weerth** Leben und Taten des berühmten Ritters Schnapphahnski **Jeremias Gotthelf** Das Erdbeerimareili **Berthold Auerbach** Lucifer

ISBN 978-3-8430-1885-2, 440 Seiten, 29,80 €

Erzählungen aus dem Biedermeier III

Eduard Mörike Lucie Gelmeroth **Annette von Droste-Hülshoff** Westfälische Schilderungen **Annette von Droste-Hülshoff** Bei uns zulande auf dem Lande **Berthold Auerbach** Brosi und Moni **Jeremias Gotthelf** Die schwarze Spinne **Friedrich Hebbel** Anna **Friedrich Hebbel** Die Kuh **Jeremias Gotthelf** Barthli der Korber **Berthold Auerbach** Barfüßele

ISBN 978-3-8430-1886-9, 452 Seiten, 29,80 €